_____ 님께

_____ 드림

글벗수필선 47 정해섭 수필집 개정증보판

진솔한 삶의 이야기

정해섭 지음

도서출판 글벗

■ 개정판을 내면서

　나이를 먹어가면서 자연 또는 사물이든 추상적인 것이 되었든 떠오르는 감정들을 글로 표현하게 되었다. 그것이 시가 되었든 산문이 되었든 한 편, 두 편 모이게 되니 책이 될 수 있었다. 평범한 사람이 이 세상을 살다 가면 무엇이 남을까를 생각하니 사진과 글밖에 없는 것 같다. 그런데 글만이 그 사람의 생각과 행적을 남긴다. 다른 사람들은 몰라도 나의 자식들은 나의 삶을 생각해 보며 대가족 제도 속에서의 관계성에 대한 이해와 사랑의 폭이 보다 넓어지기를 바라며 멋진 인생관을 정립하고 아름다운 삶을 영위해 나가기를 바란다.

　사람은 누구나 저마다의 유년 시절과 성장기가 있고 기억이 있고 추억이 있으며 가족이 있고 친인척이 있게 마련이다. 나이를 먹으면서 흘러가 버린 지난 세월이 생생히 떠오르며 그리움과 아쉬움과 여러 가지 감정들이 글을 타고 수면 위로 표출되었다. 부모님을 비롯한 고모님, 외조모부님께 표현하지 못한 마음을 글로나마 표현하니 부담을 조금은 덜은 느낌이다. 그밖에 살아오면서 느끼고 생각했던 것들을 좀더 첨가하고 보완하여 정리해 보았다. 독자에게 도움이 될지 모르겠다.

　아무쪼록 깊이 사색하고 쓴 글들이다. 읽는 벗들에게 조금이나마 보탬이 되기를 간절히 바란다.

　초판에 이어 개정판이 나올 수 있도록 너무 크게 수고해 주신 도서 출판 글벗 편집주간 최봉희 대표님께 감사드린다.

2025년 5월
향수 정해섭

‖ 차 례 ‖

제2부 나와 가족 이야기

제3부 진솔한 삶의 이야기

제4부 생각하며 살기

제5부 부록

제1부

대지의 축제

봄이 오는 길목에서

글(문)은 칼(무)보다 강하다고 했던가!
살을 에는 모진 겨울바람도
부드러운 봄바람 앞에 길을 비켜선다

해마다 이맘때가 되면
엄동설한 동장군이
봄 처녀 치맛자락에 꼬리를 감추고
얼음이 채 녹지 않은 시냇가엔
버들강아지 피어오른다

꽁꽁 얼었던 땅엔
어느새 옛 산골도랑이 봄을 담아 흐르고

이른 아침 지붕 위를 찾아와
봄을 노래하는 할미새가 마음을 즐겁게 하던
내 어릴 적 산골이 문득 그리워진다

봄이 오는 소리

사계절 중 봄만은 왜 유독 내면을 타고 흐르는가.
그 추운 엄동설한에도 봄이 흐르고 있으니

봄은 왜 남모르게 오는가.
그 두꺼운 얼음 밑으로 봄이 흐르~고 있으니

봄은 침묵하면서도 왜 역동적인가.
조용한 자작나무 동맥에서 봄이 흐르고 있으니

봄은 왜 그토록 아름다운가.
온 땅을 꽃피울 마술사 봄이 흐르고 있으니

봄은 부드러우면서도 왜 그토록 위대한가.
모든 생명을 잉태하는 봄이 흐르고 있으니

대지의 축제

대지는 봄비로 축제를 맞는다.

파아란 새싹들이 봄비에
나풀나풀 춤을 추며 키가 크고 있다.

봄비 그친 대지 위는 숨 가쁘게 벅차다.

노오란 눈망울을 머금은 개나리는
울다 지친 어린 소녀의 모습이다.

진홍빛 눈물이 가득 맺힌 진달래가
소월의 '진달래꽃'을 노래하고 있다.

"나 보기가 역겨워 가실 때에는~
영변의 약산 진달래꽃~"

봄비 맞아 떨어지는 하얀 목련이
베르테르의 슬픈 사랑을 말해주고 있다.

사랑은 슬픈 속성이며
슬픈 사랑이 더욱 아름다운 것이라고.

춘삼월에 내리는 눈

계절의 흐름을 가장 빨리 눈치채는 것은
생명을 가지고 있는 삼라만상이다

아무리 혹독한 겨울도
그들은 인내하면서 기다릴 줄 안다

머지않아 자기네들의 세상이 온다는 걸
그들은 어느 누구보다도 잘 알고 있기 때문이다

춘삼월이 오면
그들은 앞다투어 고이 간직했던 꿈을 펼쳐 보인다
산수유는 노오란 꿈을 진달래는 진홍색 꿈을

춘삼월에 눈이 내리면
그들은 하얀 면사포를 쓴
아름다운 신부가 된다

올봄이 유난히 아름다운 이유

해마다 봄이 왔다 갔으련만
올봄이 유난히 아름다운 이유는 무엇일까?

해마다 봄을 맞이하였건만
올봄은 유난히 기다린 듯 가슴이 설렘은 무엇일까?

해마다 봄비가 왔으련만
올봄은 유난히 내 가슴에 비가 내리는 이유는 무엇일까?

해마다 봄이 되면 꽃이 피었으련만
올봄은 유난히 눈에서 가슴으로 이어지는 이유는 무엇일까?

해마다 봄이 되면 나무들이 초록빛 옷으로 갈아입었으련만
올봄은 유난히 새로운 느낌으로 다가오는 이유는 무엇일까?

해마다 봄이면 새들이 노래하였으련만
올봄은 유난히 나도 같이 노래 부르고 싶어지는 이유는
무엇일까?

해마다 봄의 느낌이 있었으련만
올봄은 유난히 사랑하는 사람들과 함께 공유하고 싶어지는

이유는 무엇일까?

해마다 같은 봄이고 같은 꽃이고 같은 봄비일진대
올봄은 유난히 시인이 되어 봄을 노래하는 이유는 무엇일까?

올봄이 유난히 아름다운 이유는
사랑의 신열을 앓고 있는 사람의 마음이
봄이라는 계절보다 슬프도록 아름답기 때문일까

봄의 향연

봄비는왜사람의마음을들뜨게하는걸까
늦가을비나겨울비와사뭇다르게
사람의발길을가볍고생기넘치게한다
봄비젖은산들은푸른빛갈을띠며맑디맑은
순수한소년의모습으로삶에지친심신을품어주고
온갖나무들은때를놓칠세라살아있음을꽃과연록색옷으로치장한다
평상시엔눈에띄지않던생강나무들이군락을이루어
봄의전령사가되어봄이왔음을가장먼저알리며나름자부심에가득차있고
저만치진달래가수줍음을무릅쓰고꽃몽오리를터트리고있다
소월의진달래꽃은4월이면우리들가슴을애잔하게만든다
나보기가역겨워가실때에는영변에약산진달래꽃...
산새들이이른아침부터저마다의음색으로봄을노래하고
개나리도자기색깔을노출하기에분주하다
속살이슬프도록아름다운목련이베르테르의순결하고아픈사랑을말해주고
눈이부시도록아름다운벗꽃이봄의향연을만끽하고있다

짙푸른 계절, 여름의 문턱에서

지난 겨우내 벌거숭이였던 마을이
어느새 짙푸른 외투로 옷을 갈아입었다

울창한 숲들은 대자연의 신비를 연출하고
푸릇푸릇한 논들은 날로 푸름을 더해 가고 있다

마을 이곳저곳 옥수수밭의 넓고 푸른 잎새들이
산들바람에 가슴을 스치며 지난 추억들을 이야기하고

들판 여기저기 아무 데나 피어 있는 하이얀 망초대 꽃들도
저마다 군상을 이루어 창조주 하나님의 오묘한 솜씨를
노래하고 있다.

주일을 기다려 찾아가는 정겨운 시골교회는
담장에 기대선 붉은 장미가
가장 먼저 우리들을 반기고
이산 저산 울어 오는 뻐꾸기 소리는
바로 이곳이 에덴동산임을 알린다.

밤이면
칠흑 같은 어둠이 내리고

태곳적 신비가 묻어나는 곳

개구리 울음소리는 예전이나 변함이 없고
가슴을 에는 접동새 울음소리는 엄마 잃은 슬픔을 자아낸다

밤새 몰래 내린
새벽이슬 맺힌 푸른 잔디를 맨발로 내디디면
천지창조의 또 다른 의미가 가슴을 적시고

어느새
짧은 여름밤이 지나면
뻐꾸기 소리와 함께 에덴동산이 밝아온다.

7월의 태양을 너에게

우리들의 초미의 관심사
월드컵으로 6월 한 달을 다 보내고
이제 우리는 어디로 가야 하나

여름은 정열의 계절
여름은 사랑의 계절
7월의 작열하는 태양을 너에게

짙푸른 녹음은 온 대지를 뒤덮고
뒤 곁 옥수수밭의 그윽한 정경이
잃어버린 지난 시절을 그립게 한다

7월이 되면
지난여름 개울가 강변이 왜 그토록 그리운가
지난 시절 추억들은 왜 그토록 아름다운가

- 2002 월드컵을 마치고 -

가을이 오는 문턱에서

낮에는제법따가운햇볕에이제며칠남지않은여름을장식하듯옥수수밭의그윽한정경에 온갖곡식들이결실을맺어가는풍경속에가을이숨어있고이제얼마남지않은여름을아쉬어하듯숲속에서서글프게울어제끼는째람이들의고즈녁한분위기는잃어버린지난유년시절을떠올리고들풀과나뭇잎들이가을을준비하듯변해가는모습에서분명우리네인생도흘러가고있음은무어라말할수없는고독감마저드는늦여름분위기에자못누군가가그립고인간본연의외로움을달래고싶어지는건절대자앞에선유한자의한계성때문일까오늘따라흘러가는시냇물이흘러가는구름이산자락에피어있는이름모를가을꽃들이왜이다지눈에밟히는것일까이세상인연을맺고사는사람도사랑하는사람도결국물처럼구름처럼흘러가야하는연유때문일까…

가을이 오는 길목에서

계절의 어김없는 변화는
자연의 섭리를 주관하시는
창조주 하나님의 절대 영역인 것을…

그토록 무덥던 여름도 언제인 듯
밤송이가 탐스럽게 영글어 가고
우리들이 사는 마을에도 가을이 오고 있다

마을 끄트머리 산자락엔 '장절공'이라는 에덴동산이 있고
동리 한복판엔 우리들의 소중한 추억이 서려 있는
소담스러운 교회가 있다
여기서 우리는 삶에 지친 피로를 풀고 마음에
위로와 평안을 얻는다

그 많은 태풍과 세파 속에서도 굳건히 지켜온 우리의 터전은
태초에 창조주께서 이 마을을 하나의 그릇으로
만들어 놓으셨기 때문이다
"젖과 꿀이 흐르는 땅" 방동리
그것은 남들이 알지 못하는 또 하나의 축복이다

우리는 오늘도 아늑한 성전에서 찬양으로
하나님께 감사드린다
밖에는 매미들이 사라져 가는 여름을 슬프게 노래하고
가을빛 들판에선 하늘거리는 들국화가 우리를 부른다

가을을 사색思索하며

가을이 아름다운 이유는
풍요로운 가을 들판이 우리들의 감성을 자극하기 때문일까

*두들개 들판을 넘실거리는 황금벌판
논두렁 여기저기 아무렇게나 피어 있어도
순수한 자태를 말없이 드러내는 보랏빛 들국화

온화한 빛깔과 진한 향기로 허전한 마음을 달래주는 노오란 들국화
언제나 반갑다고 손을 흔들어주는 갈대 풀꽃들

들녘 모든 곳에 우수에 찬 이름 모를 가을풀과 가을나무들
그 어디를 가나 한결같이 펼쳐지는 가을풍경과 가을 분위기

가을이 그토록 아름다운 이유는
너무도 짧다는 데 있는 것일까

가을은 왔는가 싶으면
어느새 저만치 달아나는 계절이다

가을이 슬프도록 아름다운 이유는
우리네 인생의 유한성을 말해주고 있기 때문일까

풀은 마르고 꽃은 떨어지며
청춘은 풀의 이슬 같고 인생은 꽃과 같은 것

가을이 왔는가 싶은데
어느새 저만치 사라져 가고 있다.

* 두들개 : 춘천시 서면 방동리 장절공 신숭겸 묘 앞 들판(논)에
  대한 지명

가을 그리고 그대

올가을엔
문득 그대가 보고 싶습니다
그 이유는
무엇인지 잘 모르겠습니다

올여름은
유난히도 무더웠습니다
솔직히 말하자면
올여름엔 그대 생각을 하지 못했습니다

아니, 그보다는
가을보다 강렬하지 못했다고 표현해야 옳을 것 같습니다
그 이유는
무엇인지 잘 모르겠습니다
그 무더운 여름 속에
가을이 숨어 자라고 있었습니다

어느새
세상은 온통 가을입니다
여기도 가을 저기도 가을
너도 가을 나도 가을입니다

올가을은 모든 걸 그대와 함께하고 싶습니다
가을 이슬 영롱히 맺혀
수줍게 피어 있는 코스모스 길을 그대와 걷고 싶습니다

어느 이름 모를 산골
들국화 흐드러지게 핀 논둑길을 그대와 지치고 싶습니다
우수에 찬 이름 모를 가을 풀들과 가을꽃들, 가을 풀벌레들
그 가을 속으로 그대와 함께 들어가고 싶습니다.
밤나무 동산에서 그대와 알밤을 주우며
가을을 우리들의 것으로 만들고 싶습니다.

올가을엔
그동안 쓰지 못했던 릴케의 가을편지를 쓰고 싶습니다.

올가을엔 눈물이 나도록 아름다운 가을과
그리고 그대를 사랑하고 싶습니다.

가을비 그치면
- 가을에 대한 상념 -

가을비 그치면
가을은 또 얼마만큼 와 있는 것일까.

아침에 눈을 뜨면
하루가 다르게 변해만 가는 가을

가을이슬 맞아 피어 있는
청순하기 그지없는 코스모스 군상

들판 여기저기 안개꽃을 닮은
백의의 민족을 상징하듯 불굴의 이름 모를 하이얀 민초꽃

온갖 들판을 수놓은
우수에 찬 이름 모를 가을풀들과 가을꽃들

가을비 그치면
가을은 또 얼마만큼 우리들 마음속을 흔들어 놓을까

스산한 가을바람은
또 우리들 마음을 어디로 내몰까

누렇게 물든 가을 벌판과 가을 분위기는
우리들 마음을 또 얼마나 유랑하게 만들까

푸르디 높은 가을 창공을 나는
빨갛게 물든 고추잠자리는 또 얼마만큼
우리들 마음을 텅하니 비워 놓을까

가을이 깊어감은
우리네 인생이 깊어 감을 의미할 때
우리는 또 얼마나 세월의 무상함을
노래해야 하는 걸까

기다려지는 크리스마스

이산 저산 누렇게 물든 낙엽송만이
마지막 늦가을을 장식하고 있는
계절은 어느새 툰드라의 초겨울

흰 눈 내리는 계절이 오면
함께 다가올 크리스마스가
우리들의 마음을 설레게 한다.

한 해가 저물 때마다
하나님께서 우리에게 주시는
가장 아름다운 마지막 선물

흰 눈 내리는 계절이 오면
우리 모두의 가슴속에 기다려지는
화이트 크리스마스

다시 찾아온 성탄절

우리들이 살고 있는 마을은
이 세상에서 가장 아름다운 마을 꽃 동리!

마을 끄트머리 산자락엔 '장절공'이라는 아름다운 동산이 있어
봄이면 온통 진달래 꽃동산이 되고

여름이 오면 이산 저산 울어오는 뻐꾸기 소리는
바로 이곳이 에덴동산임을 알린다

가을이면 두들개 뜰을 넘실거리는 황금벌판
우리들 마음을 풍요롭게 만들어 시인이 되고

성탄 전야에 함박눈이 내리면
산야는 온통 크리스마스트리로
우리들 마음을 설레게 한다

이천 년 전 유대 땅 베들레헴!
양떼를 지키는 목동들이 불을 피워놓고 밤을 지새우던 시골마을

온 인류를 구원할 아기가 탄생한 곳 시골 동네 베들레헴!
아, 그곳이 지금의 우리 마을과 같은 시골 촌 동네였다니

그것도 모자라 말구유 헛간에서 초라하게 태어나셨다니!

아 이것은 너무나 큰 충격이 아닐 수 없습니다.
주님! 어떻게 만왕의 왕이 되신 예수님께서
그렇게 태어나실 수 있단 말입니까?
적어도 이스라엘의 가장 큰 도시 예루살렘에서
그것도 가장 호화로운 호텔이나 궁전에서
태어나셔야 하는 것 아닙니까?

그러나 아기 예수님은 결코 그렇게 태어나지 않으셨습니다.
겸손함이 얼마나 중요한 것인가를 보여주시기 위해
탄생부터 그렇게 본을 보이셨습니다.
이천 년 전 유대 땅 보잘것없는 시골 마을 베들레헴 !
가장 초라하고 비천한 모습으로 이 땅에 오신 아기예수님이
오늘 밤 다시 태어나십니다.

우리들에게 예수님의 겸손함을 닮으라고
베들레헴 같은 우리 마을에 다시 오십니다.

지금도 우리의 귓전에 들려오는
천사들의 노랫소리를 들어보십시오.
이천 년 전 유대 땅 베들레헴! 별들만 희미하게 빛나는
어두컴컴한 들판 양치기 목자들에게 들려준
가브리엘 천사의 아기 예수의 탄생 소식을!

"지극히 높은 곳에서는 하나님께 영광이요
땅에서는 기뻐하심을 입은 사람 중에 평화로다."

여러분도 이 가슴 벅찬 하늘의 메시지에 감격하고 있습니까?
천사들로부터 아기 예수의 탄생 소식을 들었을 때 무서워
벌벌 떨던 목자들처럼 마음속에 진정 떨림이 있습니까?

모두들 자기밖에 모르는 이기적이고 사랑이 식어가는 삭막한
이 세상에 오늘밤 사랑의 왕 아기예수님께서 다시 태어나십니다.

우리 모두 아기예수 탄생의 의미를 되새기며 훈훈한 사랑을
나누며 살라고 사랑이신 하나님께서 아기 예수로 다시 오십니다.

오늘 밤
바로 이곳에…

오늘 새벽엔

오늘 새벽엔
뜻하지도 않은 서설이 내렸습니다.
아마도 설이라서 하늘에서 내려 주신 선물 같았습니다.

잠시 잠에서 깬 시각은 새벽 4시가 조금 넘었는데
잠이 다시 쉽게 올 리가 없습니다.
결국, 새벽 눈을 맞이하기 위해 밖으로 향했습니다.

아직도 눈이 내리고 있습니다.

* * * * * * * * * * * * * * * * *

모두가 잠든 새벽
혼자서 맞이하는 새벽 설경은
감당하기가 버거웠습니다.

강둑을 거닐며 새벽 눈과 데이트하는 것은
신선한 충격 그 자체였습니다.

오늘 새벽엔
이 세상에서 가장 아름답고 순수한 데이트를 하였습니다.

바이칼 기행에 대한 회상

누가 감히 바이칼을 꿈이나 꾸었겠는가!
'알혼섬' 그 이름을 누가 알기나 했었겠는가.

드디어 멀고 먼 겨울 나라 바이칼 명상을 위한 대장정!
한 번도 본 적이 없는 얼굴들이 군대를 이루어 떠나는 원정
우리의 옛 조상들의 체취가 서려 있는 땅 몽골
착륙하기 전 눈 앞에 펼쳐지는 낯설기만 한 대 설원
뛰는 가슴을 태연한 척 몰래 감추고
앞으로 전개될 풍광들에 대한 상상 못 할 기대감에
설렘이 뒤섞인다
말로만 듣던 울란바트르를 대충 맛본 우리는
벅찬 가슴으로 대장정의 시베리아 횡단 열차에 몸을 실었다
이제야 우리는 그 어려운 시베리아의 주인공이 되었다.
아무도 우리의 열차를 막지 못했다. 정복한 것이다.
차창 밖으로 끝도 없이 펼쳐지는 이국적 겨울
낭만의 파노라마, 흥에 겨워 노래가 절로 나오고
어느새 벌겋게 상기되어 정드는 얼굴들, 횡단열차
좁은 공간의 감방 생활 하루 만에
우리는 어느새 가족이 되었다.
이십사 시간을 달려 다다른 곳은
아름다운 공원 도시 이르쿠츠크

눈 덮인 싱가포르를 연상시키는 낭만의 겨울 도시
욜라치카 통나무집의 정감 어린 훈훈한 밤

자, 지금부터 시작이다
꿈에 그리던 바이칼을 향한 설레는 마음

우악스러운(?) '우아직'에 몸을 맡겼다.
드디어 '바이칼 호수' 얼음을 밟았다.
탄성! 아우성! 벅찬 감격!
바이칼을 정복하는 순간이다.

우아직은 얼음 위를 사정없이 달린다.
여러 가지 상상으로 초긴장되는 스릴을 만끽하며
태고적 신비의 땅 '알혼섬'에 안착했다.
따뜻하게 맞아주는 '니키타'의 흡인력 있는 6백만 불짜리
미소 앞에 우리는 굴복하고 말았다.
'게르'를 닮은 알혼섬의 토속적인 통나무집은
니키타만큼이나 편안함과 친밀감을 자아냈다

'부르한 바위'앞 칼바람 부는 언덕 위에서 석양과 함께 한
명상, 잠자던 무의식을 깨우고 잃었던 사랑을 회복시키는
준엄한 역사적 순간
아! 명상이란 이런 것인가!

고도원 님의 꿈 이야기 '꿈 너머 꿈'을 찾는 소중한 밤

나는 어떤 꿈을 가지고 있는지 되묻지 않을 수 없었던
아프기도 한 밤

바이칼의 진수 '하보이' 얼음 위에서의 대 명상!
영혼을 소생시키는 숙연한 고요
그에 따르는 신의 응답…

모두들 아쉬운 알혼섬의 짧은 여정을 뒤로한 채
다시 못 올 것 같은 무언가 서운한 발길

어느새 잊은 듯
이르쿠츠크의 아름다운 자작나무 숲의 산책 명상

영화 '러브스토리'가 부럽지 않은 눈 속에서의 향연
단순하게 만든 동물 가죽 썰매를 타고 달리는
스릴 만점의 눈썰매

이르쿠츠크에서의 실제적 마지막 밤
모처럼 우리 입맛에 딱 맞는 식단으로 과식을 피하지 못하고

마지막 밤을 달래듯 조별 콩쿠르 대회
저마다 숨은 재주와 사연들을 숨기지 못하는
즐거운 또한 진지한 밤

자 이젠 다 끝났다.

우리가 온 길로 되돌아가는 것이다

뜬눈으로 새벽을 무찌르고 우리는
귀국 열차에 무거운 몸을 실었다
한잠 푹 자야 하는데 이게 웬 날벼락인가!
우리들의 방을 무단 점령하고
뻔뻔하게 버티고 있는 것이 아닌가!

북방 오랑캐들이 아직도 대를 이어 충성을 하고 있다니
우리의 숫자가 많았기에 망정이지 봉변을 면치 못했으리라

시간이 해결사!
시베리아 횡단 열차는 역시 낭만 그 자체!
갈 때와는 달리 밖에는 시종 눈이 내리지 않았던가!
마치 작별을 아쉬워하듯…

왜 우리가 가는 길엔 축복이 내렸는가!
하늘의 뜻을 사모하는 사람들의 온정 때문인가
낯선 얼굴들이 가족이 되어 돌아왔다
얻은 것이 너무 많다

신비로운 바이칼을 가슴에 담았고
마음의 눈으로 통하는 또 다른 가족을 얻었다

'부엌칼'의 좁은 울타리를 넘어

바다같이 넓은 '바이칼'을 잡은 것이다
이제 '꿈 너머 꿈'의 실현을 예고하는 고동이 울려 퍼진 것이다

* 바이칼 호수 : 남한 면적의 2/3에 해당하는 면적, 호수라기보다 바다
* 알혼섬 : 바이칼 호수 내에 있는 제주도만한 신비로운 섬, 인구 1500명
* 하보이 : 바이칼의 가장 수심(1,700여m)이 깊은 곳으로 경치가
아름다운 곳
* 부르한 바위 : 알혼섬에 있는 기암괴석으로 왕의 공주에 관한
슬픈 전설이 있음
* 우아직 : 장갑차같이 튼튼하게 생긴 러시아제 봉고차, 10인승
* 니키타 : 러시아 옛 국가대표 탁구선수로서 알혼섬에 10년 전 이사,
거주
* 게르 : 몽골 유목민들의 이동식 천막집

일진이 안 좋은 개미

국사봉 산행을 하여
더운 몸을 식히려 등나무 그늘에 잠시 머물렀는데
어느새 개미 한 마리가 팔에 기어 다닌다
무심결에 손으로 탁 쳤더니 땅바닥에 나뒹굴었다

중상을 입었는지 사지를 허우적거린다
순간, 무고한 한 생명을 박탈했다는
후회와 미안함이 밀려왔다
개미가 나한테 죽을 만큼 잘못한 건 아니었다

숨을 거두려는지 조용하다.
그러자 다른 개미들이 달려든다.
아마도 동족을 겨울 식량으로 비축하려나 보다
환자 개미는 사력을 다해 저항한다
살아난 것이다.

다리를 절고 온몸을 비틀거리며 어디론가 길을 떠난다
불행 중 다행이긴 하나
아무래도 제 명을 다하진 못할성싶다

다음에 두 개 줄게

초등학교 저학년 때로 기억한다
엄마가 장에 가셨다가 참외를 사오셨다
자식들 숫자대로 사 오셨기 때문에 한 개씩 배당되었다

그런데 느닷없이 작은 형이 다음에 두 개 줄 테니
내 몫을 달라는 것이다.
그만 형의 잔꾀에 넘어가 깊게 고민도 안 해 보고
덥석 줘버렸다
형이 맛있게 먹는 걸 그냥 입맛만 다시면서 말이다.

그러나 지금까지도 그 채무 관계는 해결되지 않았다
그 후에 엄마는 참외를 사오지 않으셨다
지금 생각해 보면 난 그때 엄마한테
"고양이한테 생선을맡겼다."는 사실을 알려서
참외를 사오시게 했어야 했다

한 오십 년 지났으니까
이자를 붙이면 적어도 참외 한 박스는 되고도 남을 것이다.

노란 고무신

초등학교 고학년이 되었을 무렵 어느 날
엄마가 노란 고무신을 사오셨다

검정 고무신에 비해 눈에 확 들어오는 스펙트럼의 신발!
아버지는 분실 방지를 위해 고무신 앞 갑판 위에
도장을 찍으셨다

(정인석) 도장이 찍힌 새 신을 신고 학교에 갔는데
운동장에서 순식간에 아이들이 내 신발 주변에 모여드는 것이다.
"야! 도장 찍힌 신발 좀 봐라!"

순간 난 어찌할 바를 모르고
정지 자세로 그들에게 전시회를 제공했다
전시회는 순식간에 끝났지만
창피함 같은 묘한 감정은 여운으로 남아
지금껏 사라지지 않고 있다

허무에 대한 단상

허무란
우주 삼라만상에서 인간만이 만들어 사용하는
그럴싸한 관념 덩어리

유한자가 피할 수 없는 죽음의 공포를
초월하지 못하는 데서 오는 고독과 두려움에 대한 의식

그 의식은 마치 사실인 양 의식 자체를
인정해버리는 메커니즘을 거쳐 고착화한 관념일 뿐

맘껏 향유해야 할 인생이
영원히 지속하지 못하는 데서 오는
불만족과 욕망이 저변에 깔려 있는 불안의식

그 불안의식은 그럴싸한 고상한 위안거리를
찾아내기에 분주하고 그 이름이 바로 허무

하지만 분석해보면 허무라는 것도 실상이 없는 것
인간의 의식이 고안해낸 관념일 뿐

깨진 꽃병

꽃병이 하나 있었습니다.
제법 향기 나는 꽃도 있었습니다
소박하지만 아름다운 꽃병이었습니다

꽃병을 다루는 사람들이 늘었습니다
그만 꽃병을 땅에 떨어뜨려
금이 가며 깨지기 시작했습니다

그러자 청테이프로 봉합했습니다
꽃병은 시퍼렇게 멍이 들었습니다

물을 담을 수 없으니 꽃도 담을 수 없습니다
어느 날 누군가 조화를 꽂아 놓았습니다

깨진 꽃병은
옛 향기 나던 꽃병을 그리워하며
울고 있습니다

– 동호회의 균열을 슬퍼하며 쓴 시 –

에스프레소(Espresso)

강릉 출장 일을 마치고 점심을 먹고 나니
강릉시 직원들이 커피를 마시러 가자고 하여 따라나섰다.
커피로 유명하다는 카페에 가 주문을 했다.
난 잘 몰라서 가만히 있었더니 '에스프레소'를 권하는 것이다

발음도 잘 안 되는 '에스프레소'가 나왔는데
간장 종지인 줄 알았다
먹어볼 것도 없어 단숨에 홀딱 마셔버렸다

문제는 그날 밤에 일어났다
난 내가 커피 영향을 받는다는 것을 그때 알았다
자려고 하면 할수록 눈 동공이 점점 더 커지는 느낌이다
단 1초도 못 잤다

애만 쓰다 보니 날이 훤히 밝아 그냥 출근했다
하루 종일 죽음이었다

지금도 궁금증은 안 풀린다
그날 직원들은 왜 나에게 그 커피를 권했을까
내가 오해하고 있는 것이 사실일까
도서기 양반! 오늘 밤 골탕 좀 먹어보시지!

전정(剪定)

나무는 가지를 잘라 주어야 한다
그 많은 가지를 버리기 아깝다고 다 가지고 가면 안 된다
특히 과일나무는 해마다 가지를 잘라 주어야 열매가 실하다

우리네 인생사도 별반 다르지 않은 것 같다
그 많은 인간 가지가 다 필요하거나 소중하지는 않다

뒤돌아보니 나도 전정을 하며 살아왔다
지난해에도 두어 가지 잘라냈다
나 또한 누군가에게 전정을 당하며 살아가는 것이다

한결같은 사람

사람들은 한결같은 사람을 좋아한다
사람은 처음과 끝이 같아야 한다
앞뒤가 맞지 않는 말을 하는 사람을 신뢰할 수 없기 때문이다

사람들은 한결같은 사람을 좋아한다
어떤 사람은 진의를 알아보지도 않고 남의 말만 듣고 판단한다
자기 신념이 약한 탓이거나 줏대가 없는 사람이기 때문이다

사람들은 한결같은 사람을 좋아한다
비가 오나 눈이 오나 변함없는 마음을 좋아하기 때문이다.
감탄고토, 달면 삼키고 쓰면 뱉는 사람을
좋아할 수 없기 때문이다

사람들은 한결같은 사람을 좋아한다
사람이 기분에 따라 말을 바꾼다면 상대는 불안하기 때문이다
어떤 사람은 이럴 땐 이렇게 말하고 저럴 땐 저렇게 말한다
자기 유리한 쪽으로 변명하는 것이다

사람들은 한결같은 사람을 좋아한다
어떤 권력자는 자기가 만든 법과 원칙, 규정도 무시한다
백성은 힘이 없어 굴복할 뿐 그런 힘 있는 사람을

좋아할 리 없다.

사람들은 한결같은 사람을 좋아한다
위험을 무릅쓰고라도 자기가 한 말에
책임을 지는 사람을 따른다
심지가 곧은 사람으로 충성심과 존경심이 우러나기 때문이다

반대로 해 보세요

사람은 나를 먼저 생각해요
그런데 남을 먼저 생각해 보세요

식사할 때 내 것부터 챙기지 말고
상대방을 먼저 챙겨 보세요

줄을 설 때 남 앞에 서지 말고
상대방 뒤에 서 보세요

사람은 자기 허물엔 관대하고
남의 허물엔 준엄해요

자기 허물엔 준엄하고
남의 허물엔 관대해 보세요

평상시와 반대로 해 보세요
그게 나를 위하는 길입니다.

제2부

나와 가족 이야기

베트남 자유 여행

2019년 3월 5일! 드디어 우리는 대망의 베트남 자유 여행을 떠났다.

자유 여행을 배낭여행이라고도 하는 것 같다. 아무튼, 태어나서 처음 하는 배낭여행이다. 그동안 나는 배낭이 없어 배낭 여행을 못했다. 이참에 배낭을 구입한다는 것이 2킬로그램이 넘는 배낭을 샀다. 그 바람에 짐이 무거워 여행 내내 고생했다.

여행 발단은 번개팅으로 시작되었다. 가기 두어 달 전 우리 셋(같은 직장 동료이며 같은 아파트 단지 내 이웃사촌)은 저녁을 먹는데 자유 여행 경험이 있는 한 사람이 툭 하고 던진 한마디에 필이 꽂힌 것이다. 여행 일정은 10일 정도로 하고 베트남 남부인 호찌민(사이공)에서부터 북부 수도인 하노이까지 쭉 훑는다(정복)는 것이다. 생각만 해도 기대가 된다.

우리는 첫날 집에서 새벽 2시 반에 출발하여 베트남에 오전 10시 조금 넘어서 도착했다. 그야말로 고난의 강행군이 시작되었다. 남들은 이삼십 대에 하는 배낭여행을 나이가 잔뜩 들어서 폼을 잡은 것이다. 그래도 마음은 설레기만 한다.

'호찌민' 하면 베트남 민족운동 지도자로 구 베트남민주공화국의 초대 주석으로 우리나라의 김구 선생과 비교하면 이해하기가 쉬울는지 아무튼 베트남의 유일무이한 영웅으로 알고 있다. 호찌민시의 관광 중에 빼놓을 수 없는 것이 구찌터널과 메콩강 유람이기에 우리는 먼저 구찌터널을 찾았다. 10여 년 전에 왔던 곳인데도 새롭다. 베트남 전쟁의 실상을 조금이나마 상상할 수 있을 것 같은 옛 전쟁터! 덩치 큰 미군들과 상대해서 싸워 이길 수밖에 없도록 고안하고 제작한 구찌터널, 재래식 살인 무기, 정말 베트남 국민들이 살아남기 위해 얼마나 필사적으로 잔혹한 전쟁을 감당해야 했는지 간접적으로 체득할 수 있는 곳! 그야말로 난공불락의 요새 구찌터널을 보고 우리는 메콩강으로 떠나 유람선을 타고 잠시 낭만을 즐겼다.

호찌민에서 가장 저렴한(1인당 7천 원 정도) 방을 인터넷으로 예약한 탓인가 창문이 안 닫힌다. 주변 나이트클럽에선 밤새도록 공연을 한다. 새벽까지 이어지는 소음으로 우리는 잠을 설쳤다. 한국에서 이 정도면 민원으로 난리가 날 것이지만 여기서는 그게 생활인 모양이다. 이틀 치 방값을 미리 치렀지만 하루 치는 그냥 포기했다. 공항 근처로 방을 잡기 위해 공항까지 버스를 타고 가서 택시를 타야 한다.

그런데 문제가 생겼다. 우리와 같은 길 모르는 외국 관광객을 상대로 돈을 벌려는 택시도 아닌, 마치 우리나라의 대리

기사와 비슷한 불법 영업이 횡행하고 있었다. 호객행위에 그만 우리도 한번 이용해 볼까 하다가 황당한 곤혹만 치렀다. 결국엔 택시를 탔다. 아니나 다를까. 우리나라가 예전에 그랬듯이 가까운 거리를 멀게 운전하여 벌어먹고 있었다.

어쨌거나 우리는 호찌민에서 3박을 했다. 다음날 일찍이 국내 비행기를 타고 나짱(나트랑)으로 갔다. 가면서 느낀 점은 베트남의 경제발전 속도가 매우 빠르게 진행되고 있다는 것이다. 앞으로 5년 후면 베트남 물가도 많이 오르리라.

아무튼, 우리는 비행기로 한 시간 만에 베트남의 최고 해변 휴양지 나트랑에 도착했다. 10년 전에 한적하고 시골스러운 해변의 모습은 오간 데 없었다. 현대식 고층빌딩과 각종 상가와 숙박 시설로 들어선 나트랑, 부산의 해운대와 주변 도심보다 밀집도가 높아 보였다. 이제는 관광도시가 되어 활기차게 살아 움직이고 있었다. 우리는 거기서 값싼 열대아 과일을 실컷 사 먹으며 하루 반나절을 해수욕하며 시간을 보냈다. 해변은 온통 비키니를 입은 동구권 유럽의 금발 머리 미녀들로 가득하다. 굳이 바다에 들어가지 않아도 심심하지 않다. 아름다운 장면들이 즐비하다. 우리는 한국에서 먹기 어려운 코코넛을 입에 물고 해변 야자수 그늘아래서 망중한을 즐겼다. 그리고 한국에서는 너무 비싼 싱싱한 새우요리 등 해산물을 저렴한 가격으로 배불리 먹었다. 이런 것이 바로 자유 여행의 묘미다. 패키지여행에서는 도저히 불가능한 것이니까.

나트랑은 1박으로 충분하여 우리는 다낭을 향해 야간열차를 탔다. 10시간을 자면서 가야 하는 우리의 열차 칸은 2층으로 난간이 있으나 마나. 자다가 한쪽 다리만 뒤척이면 곧바로 떨어지는 침대칸인 것이다. 도저히 불안하여 그냥 잘 수가 없는 것이다. 긴팔 옷으로 허리를 동여 매여 난간 흉내를 낸 쇠붙이에다 붙들어 맸다. 떨어지다가 대롱대롱 매달려 있으란 시도였는데 다행히 아무 일도 없었다.

새벽 6시에 다낭 기차역에 도착해 택시를 타고 예약된 숙소(모텔)에 도착했다. 대충 짐만 방안에 놓고 씻지도 못하고 바로 여행사를 찾아갔다. 다낭의 최대 관광지로 한국 사람이 가장 많이 다녀온 곳, 바나힐로 향했다. 역시 그곳에는 각 나라 사람들로 북적거리는데 유럽권 사람들로 구성된 아름다운 옷을 입은 무용 공연단의 축제 공연으로 활기를 띠고 있었다. 역시 관광객 중에 한국 사람이 가장 많은 것 같았다. 대한민국 정말 잘사는 나라 같기도 하다. 각 나라 각종 음식이 준비된 대형 뷔페식당에서 우리는 각종 과일과 해산물 등으로 배를 가득 채웠다. 자유 여행이 주는 여유를 만끽했다.

여기까지는 참 좋았는데 저녁때가 되어 숙소에 들어와서 문제가 생겼다. 아뿔싸! 갈아입을 옷이 필요한데 옷 가방이 안 보이고 아무리 찾아도 없는 것이다. 배낭이 너무 무거워 비닐 팩에 옷가지들을 나누어 담아서 다녔다. 그런데 이것이 없어진 것이다. 숙소 주인에게 CCTV를 확인해보자고 하여 돌려봤는데 나나 우리 일행이 안 가지고 들어 온 게 확인되었다.

'아! 택시에서 흘렸구나' 하고 잃어버린 것으로 체념하고 포기했다. 그런데 너무 아쉽고 서운한 마음이다. 새 옷에 비싸고 좋은 옷들을 왜 하필 거기에 넣었단 말인가! 그 다음날, 우리는 다낭역으로 가서 기차를 타고 '후에'라는 도시로 가기로 일정이 잡혀있었다. 다낭역에 도착해서 열차표 티켓팅을 하는 직원에게 우리 일행이 혹시 비닐 가방 보관하고 있는 거 있는지 물어보았다. 우리를 따라오라고 하면서 어디론가 안내 했다. 아마도 분실물 보관소인 것 같았다. 세상에 내가 잃어 버린 물건을 건네주는데 마치 잃어버린 자식을 찾은 기분이다.

우리는 3시간여 동안 기차를 타고 베트남의 허리 부분에 해당하는 지역을 파노라마처럼 훑고 지나갔다. 그런대로 자유 여행의 낭만이요 즐거움이다.

드디어 도착한 '후에'라는 도시는 고풍스러운 왕궁이 관광 유적지였다. 마치 우리나라의 백제, 신라, 가야국을 연상시키는 17~18세기 어느 왕조의 수도였다고 한다. 어디든 영원한 왕조는 없다. 흥망성쇠를 겪는 것이 역사의 길인가 보다.

왕궁과 유적들을 돌아보고 저녁 메뉴를 찾아 헤맸다. 제대로 된 식당을 찾았다. 값싸고 푸짐한 소갈비를 먹었다. 한국에서 도저히 그 돈 주고 맛있게 배불리 먹을 수 없는 곳이다. 이 또한 자유 여행만이 주는 특혜인 것이다.

이제 우리는 마지막 일정으로 베트남의 최북단에 위치한 수도 하노이로 향했다. 비행기로 1시간 안 걸리어 하노이 공항에 도착해서 버스를 탔다. 우리의 숙소에 도착했을 때는 저녁이 다 되었다. 숙소에 여장을 풀고 시내 호숫가를 빙 돌아 가볍게 산책을 한 후에 저녁을 먹기로 했다. 공원을 산책하는데 벤치에 앉아 독서를 하는 외국인들이 눈에 들어왔다. 그 모습이 왜 그리 멋있어 보이는 건지. 뭔가 품격이 있어 보이고 예사롭지 않은 사람들이라는 생각이 들었다. 갑자기 초라해지는 느낌이랄까. 좀 부끄러운 것 같았다. 앞으로 책을 좀 더 열심히 읽어야겠다.

아무튼, 우리는 저녁을 먹고 여행사를 찾아 하롱베이! 그 유명한 베트남의 최대 관광지 하롱베이 일정을 예약했다. 다음날 일찍이 하롱베이 가는 여행사 버스를 타고 항구에 도착했다. 정말 자칫 잘못하다가는 사람을 잃어버릴 정도로 사람이 많은 데에 놀랐다. 바다 위에 떠 있는 셀 수 없이 무수히 많은 봉우리, 기암괴석으로 이루어졌다. 사진을 담기에도 너무 많은 볼거리가 많았다. 꼭 한번은 하롱베이를 다녀가라고 추천하고 싶은 곳이다. 그렇지 않아도 한국 사람들이 베트남 하면 가장 많이 가는 곳이다. 하롱베이 관광에서 빼놓을 수 없는 것이 '승솟 동굴'이라는 곳이다. 세계문화유산에도 등재됐다는 이 동굴은 석회암 동굴로 우리나라의 동굴과 유사한 부분도 있다. 무어라 말로 표현하지 못하는 기기묘묘한 천연 작품에 감탄을 금할 수가 없다.

아무쪼록 우리는 10여일 간의 베트남 자유 여행을 하면서 아름다운 경치도 보고 즐겼다. 하지만 베트남 사람들이 사는 뒷골목의 삶의 현장도 눈여겨볼 수 있는 소중한 여행이었다. 쌀국수가 주식인 베트남 사람들 덕분에 우리도 쌀국수로 거의 끼니를 해결했다고도 할 수 있다. 그전에는 향이 싫어 건져 내어 먹던 베트남 쌀국수에 고수를 집어넣었다. 매운 베트남 고수를 넣어 먹을 정도로 고수가 된 것 같다.

그리고 얘기하지 않을 수 없는 곳이 있다. 베트남을 갔다 온 사람들은 다 알겠지만 '베트남' 하면 오토바이를 빼놓을 수 없다. 벌떼보다 많은 오토바이족들! 대체 그들은 어디를 향해 가느냐고 묻지 않을 수 없을 만큼 새벽부터 밤늦게까지 계속 타고 다닌다. 어찌 보면 베트남만의 유일한 관광자원이기도 하다. 경제가 발전해서 오토바이를 자동차로 대체하면 어떤 현상이 벌어질까 궁금하기도 하다.

아! 이 얘기를 안 할 수 없다. 다낭인가에서 택시를 탔는데 아무 말도 안 하고 목적지까지 가기엔 침묵이 뭔가 어색해서 택시기사에게 "박항서를 아느냐"고 물었다. 그랬더니 이 기사 양반 갑자기 반색하며 목소리 톤을 높인다. 박항서 최고란다.

그러면서 하는 말이 "베트남 풋볼 넘버 파이브, 박항서 캄 넘버 완, 박항서 노 캄 넘버 화이브." 동남아에서 축구 순위를 말하는 것 같았다. 우리 모두는 박장대소에 폭소를 터트리면 서 박수에 박수 다들 뒤집어졌다. 그리고 영어는 어렵게 말할 필요가 전혀 없다는 것을 알았다. 복잡하지 않고 간단명료하 게! 우리 중에 그 영어를 못 알아듣는 사람은 아무도 없었다.

이렇게 해서 우리는 베트남 남단 호찌민에서부터 시작하여 최북단 하노이까지 열흘간의 자유 배낭여행을 모두 마쳤다. 베트남을 정복한 기분이고 무언가를 해낸 것 같은 뿌듯함을 맛보았다. 그리고 베트남에 대한 추억은 영원할 것이다.

최고의 지상 낙원 몰디브

지상 최고의 파라다이스(낙원)라고 불리는 몰디브 여행!
2017년 1월 나트랑팀은 세계 최고의 신혼여행지라고 말로
만 듣던 몰디브를 여행하게 된다. 애석하게도 8가족 중 7가족
이 인천공항에서 스리랑카를 경유 하여 몰디브 수도 말레 공
항까지 11시간을 가야 한다.

몰디브는 인도 밑에 인도양 중북부에 위치한 나라로서 섬으
로 이루어진 나라로 수도 '말레'가 있는 섬이 가장 크며 그 밖
에 300여 개의 크고 작은 섬으로 구성되었으며 그중에 우리
가 갔던 곳은 세 번째로 큰 섬으로 '미루 아일랜드'라고 한다.
춘천의 상중도만한 섬이라고 해야 하나 아무튼 그 정도 규모
의 섬인데 휴양관광지로서 그 모든 시설을 갖춘 세계 최고 휴
양지라고 해도 손색이 없을 정도다.

말레 공항에서 내려 미루섬까지 작은 규모의 배로 40여 분
간다. 갈 때 한국 사람은 우리 말고 신혼부부 1쌍을 본 것이
전부였다. 그 정도로 사실 한국 사람이 많이 가는 곳은 아닌
것 같다. 하긴 경비도 만만치 않다.

우리는 섬에 도착하여 우선 숙소에 여장부터 풀었다. 숙소
는 몰디브에서 최고급 숙소를 정했다. 바다 위에 떠있는 '자

쿠지 빌라'라고 하루 저녁 방값이 45만 원이다. 비싸긴 한데 '인클루시브(Inclusive)'라고 방안에 냉장고에 있는 주류, 음료뿐만 아니라 관광지 내 삼시 세끼 식사와 카페 음료, 주류 및 관광 등이 포함된 경비라는 점을 고려하면 터무니없이 비싼 것만은 아니라는 생각이다.

숙소 발코니에서 바다로 이어지는 나무계단을 타고 내려가면 가슴 정도 깊이의 말로 표현하기 어려울 정도로 맑고 깨끗한 바다와 수많은 어종의 물고기들이 우리를 반긴다.

아! 이래서 신혼부부와 유럽의 수준 있는 관광객들이 몰디브를 찾는가 보다. 기분이 황홀한 것도 잠깐!

그런데 갑자기 문제가 생겼다. 아니 문제를 만들었다고 해야 맞는 표현이다. 까만 성게들이 꽤 있는 것이다. 호기심에 그냥 넘어갈 리 없지 않은가. 성게를 손으로 잡았는데 성게 가시가 부러지면서 손가락 피부 속으로 파고 들어가 버렸다. 그때 누군가가 성게 가시가 살 속으로 들어가면 이리저리 돌아다닌다는 것이다. 그 소리를 듣는 순간 겁이 덜컥 났다.

이 가시가 폐까지 가면 큰일 나겠다는 공포가 생겨 가시 박힌 엄지손가락을 꼭 쥐고 병원을 가려고 하는데 일행 중 손을 잘 못 짚어 나보다 더 심하게 성게 가시가 박힌 사람이 있었다. 숙소에서 가시를 파내려고 손가락을 온통 헤집어 놓고 있었다. 우리 둘은 관내 보건소 비슷한 병원을 찾았다.

의사 왈, 수영하다 그랬냐 아니면 잡으려고 하다가 그랬냐는 것이다. 속으로 그걸 질문이라고 하냐? 잡으려고 했다가는 보험처리가 안 될 텐데. 내가 바보가 아닌 이상 곧이곧대로 애기할 리 만무하지. 그래서 바로 영어로 '스위밍(swimming)' 이라고 그래 버렸다. 나중에 한국에 와서 보험처리는 잘 받았다.

그런데 의사 치료가 말이 의사지 우리나라 6~70년대 의료 수준 같았다. 환부에 붕산을 철철 넘치게 부어대고 살을 불게 한 후 가시를 빼려는 완전 수동식 구닥다리 치료법이다. 아무튼, 그렇게 응급처치를 한 후, 연고를 바르고 마무리했다.

우리는 작은 다른 섬으로 캠프파이어 여행을 떠났다. 해산물과 각종 바비큐로 저녁 만찬을 즐기고 선상에서 멋진 1박을 하는 특별한 추억을 만드는 밤이다.

지금까지 살아오면서 선상에서 잠을 자고 식사를 하며 낚시를 하며 즐기는 여행은 해 본 적이 없었다. 뭔가 색다른 맛이고 중세시대 스페인이나 포르투갈처럼 해적 떼들이 이러했을까. 상상해보니 아무래도 그들은 삶이 치열했을 것이고 우리가 백번 낫지 않을까 싶다.

우리는 그렇게 14명이라는 대부대로서 한국의 대표주자로 전 세계인이 모이는 몰디브에서 매 식사때마다 가장 큰 테이블을 차지하여 현지 그 나라의 종사자들은 물론 모든 세계인에게 한국인의 단합된 모습을 보여주었다는 데에 강한 자부심을 갖는다.

한번 가보고 싶은 최고의 휴양지, 에메랄드 바다와 산호모래와 파란 하늘이 어우러져 지상 천국을 연출하는 나라 몰디브를 죽기 전 다시 가볼 수 있을까!

나의 가족 이야기

누가 가족 관계가 어떻게 되냐고 물으면 2남 1녀라고 살짝 농담을 한다. 근데 딸은 나이 차이가 얼마 나지 않고 덤비는 딸이라고 말하면 머리 회전이 빠른 사람들은 금세 알아채고 웃곤 한다. 남들 말에 의하면 본때 없이 아들만 둘인데 딸이 없어 아쉽거나 부럽거나 한 것도 없다. 그저 주어진 환경대로 사는 것이다.

나야 은퇴를 해서 인생 제2막을 내가 하고 싶은 것들을 마음대로 하며 현직에서 가져보지 못했던 시간을 누리며 나름 전성기를 보내고 있다. 나머지 식구들은 모두가 직업을 가지고 열심히 살아가고 있다. 이것은 크나큰 복이 아닐 수 없다. 특히 청년실업이 심각한 정도를 넘어선 현실에서 다행이며 운이 좋은 것이다.

나까지 하면 네명 중에 셋이 공무원이고 하나는 셰프(chef)의 길을 걷고 있다. 아들들은 누굴 닮아서인지는 모르겠으나 작은 녀석이 어렸을 때 한 번인가 돌발 행동으로 황당하게 한 것 외에 범생이로 어려서부터 속을 썩여본 적이 거의 없다. 작은 녀석이 초등학교 2학년 때, 저녁에 숙게 있냐니까 숙제가 없단다. 그런가 보다 했는데 아침에 문제가 생겼다. 이 녀석이 가방을 메고 현관에서 우는 것이다. 왜 우냐고 물어도 그냥 울기만 해서 다그치니 결국 숙제를 안 했다는 것이다.

학교 갈 생각하니 걱정이 되는가 보다. 다들 출근해야 하고 서둘러야 하는데 아무리 늦어도 숙제는 나의 몫이 되었다.

  그래서 아! 이 녀석은 공부하기는 글렀나보다 생각할 수밖에 없었다. 그런데 4~5학년 되었을까 집사람을 통해 들리는 얘기가 반에서 곧잘 공부를 잘하는 모양이었다. 그리고 집 앞에 중국어 학원이 생겼는데 제 엄마한테 거기도 보내달라고 해서 보내주었다. 학원에서 추진하는 중국 상해에 형을 대동하고 연수도 다녀오는 등 제법 기특하였다. 6학년 때는 반에서 1등으로 졸업했다는 것이다. 나중에서야 안 일이었지만 3~4학년 정도 때 집 근처에 있는 집중력 학원을 보냈다는 것이다.

  아마 그때의 영향이 크게 작용하지 않았나 생각되며 그 점은 집사람의 공로이니 사실 난 할 말이 없다.

  작은 녀석이 중학교에 진학하고 큰 애는 고등학교 2학년이 되는 해에 자식들의 역사를 바꿔놓는 아무도 예상치 못한 일이 벌어진다. 7년이라는 해외 유학의 딜레마가 도사리고 있을 줄을 누가 꿈이나 꾸었으랴!

자식들 7년 유학을 보내놓고

2005년 4월 어느 날 해외 선교사로 계시는 목사님이 한국에 오셔서 점심을 대접하는데 목사님께서 하시는 말씀이 "요즘 한국에서 유학을 많이 온다."는 것이다. 나는 아! 그런가 보다 하고 흘려버렸다. 그리고는 헤어지고, 퇴근을 하여 집에 와서 집사람한테 오늘 목사님을 만나서 점심을 함께 했다는 얘기를 했다. 목사님께서 이런 말씀을 하시더라 하는 순간 뭔가 머리를 스쳐 가는 것이 있었다.

"여보! 우리 아이들을 유학 보내라는 거야?"

분명 메시지가 있는 것 같은 감이 뇌리를 스쳤다.

아니나 다를까 해외에 확인해 보니 맞는 것이다. 갑자기 뭔가 뒤통수를 한방 얻어맞은 기분이었고 황당하였다. 우리는 큰아들은 이미 고2가 되었다. 작은아들은 중1이니 작은 녀석을 생각한 것이다. 그래서 작은 애한테

"너 유학 갈 거야?"

"나 혼자?"

"어"

그러자 애가 풀이 확 죽는다. 청천벽력 같은 얘기였을 것이다. 그러나 나중에 알게 된 일이지만 저쪽에서는 큰 녀석을 생각했던 것이다. 그 전에 2004년 12월 겨울 방학을 이용하여 교회를 통해서 아이들이 한 달간 어학연수를 많이 가곤 했

다. 그때 우리 아이들도 다녀왔다. 내일이면 연수가 다 끝나고 한국으로 돌아가야 하는데 우리 큰 녀석이 화장실에 가서 소리 내어 엉엉 울었던 모양이다. 학급 반에서 상위성적으로 담임 선생님으로부터 성적 관리대상인 만큼 받는 스트레스가 힘들었을 것이다. 그러니 당연히 한국 가기가 싫었을 것이다.

그런데 큰 애가 선물을 준비한 모양이다. 할아버지, 할머니, 큰아빠, 큰엄마, 엄마, 아빠 등 모두 따로따로 선물 포장을 하는 것을 사모님이 보셨나 보다.
"요즘 어디에 이런 애가 다 있다는 말인가!"
사모님이 완전히 감동한 것이다. 그렇게 해서 유학의 길이 열린 것이었다.

과연 유학을 보낼 것인가 말 것인가 그것이 문제였다. 여태껏 남들 애기로 말로만 듣던 애긴데 막상 당하고 나니 쉽게 결정을 내릴 수가 없는 것이다. 한 달 고민했다.
어떤 이는 보내라, 어떤 이는 중국은 몰라도 영어권은 비전이 없다 보내지 말라. 이제 내가 최종결정할 수밖에 없는 노릇이었다.
아이들 학교 담임 선생님을 만나 보내기로 말씀을 드렸다. 큰 애는 쉽게 통과되었다. 그런데 작은 아이는 중1 담임 선생님께서 처음 본 중간고사 성적을 보여주시면서 좀 더 있다 보내면 안 되겠냐고 하신다. 눈에 눈물이 고인다. 우리 애가 정도 들고 공부 좀 하니까 예뻤던 모양이다. 영어담임이었다. 한 과목이 점수가 좀 낮고 영어가 만점에 나머지는 우수했다.

2006년 6월 3일, 아이들을 외국에 데려다주고 오는 길이 왜 그다지 착잡하고 쓸쓸하던지!

비행기 내에서 눈물 섞인 짧은 글을 적었다.

"열심히 공부해서 훌륭한 사람이 되어라"

한 명만은 도저히 안쓰러워서 못 보냈을 것이다. 서로 의지하라고 둘을 묶어 보낸 것이다.

집사람과 나는 명절 때면 아이들한테 가는 게 일이었다. 우리가 갈 때는 아이들이 기가 살고 너무 좋아하는데 헤어질 때가 너무 힘든 것이다. 작은아이가 아직 너무 어리기 때문에 그게 마음이 무거웠다. 아이는 형이 있지만, 엄마가 필요한 아이였다.

남들은 엄마들이 와 있어서 늘 그게 부러웠고 외로웠고 갈 때마다 엄마한테 오면 안 되겠냐고 조르곤 했다. 말할 수 없는 안타까움이고 미안함인 것이다. 한번은 아이의 쌓였던 감정과 설움이 폭발했다. 나는 아이를 끌어안고 같이 펑펑 울었다. 모두가 너를 크게 하려고 해서 그런 거라고 다독였다. 울면서 아이에게 우리 다시는 울지 말자고 했다. (사실 이 순간도 눈에는 눈물이 고인다.)

그 후 아이는 강해진 것 같았다. 아픈 만큼 성숙해진 것 같았다. 그리고 우리 아이들이 머나먼 타국 땅에서 생활하면서 가족의 소중함을 깨달았던 것이다.

아마 한국에 있었더라면 가족의 소중함을 이만큼 몰랐을 것이다. 그것만으로도 수확이라면 큰 수확인 것이다. 우리는 부자지간 남자끼리도 손을 잡고 걷기도 한다.

작은아이는 한국에 와서 대학을 가기 위해 고생을 무지하게 많이 했다. 외국에서의 학제가 맞지 않아 고등학교 검정고시도 봤고 수능시험도 준비하느라 적응도 잘 안 되는 기숙학원에 들어가서 고생도 많이 했다. 시간도 많이 걸렸다. 특히, 취약과목인 국어 과목을 보충하느라 무진 애를 먹었다. 그렇게 해서 원하는 대학은 아니지만, 대학에 진학했다. 대학 도중에 공무원시험에 도전했다. 한 번도 들어보지 못한 생소한 과목들을 인터넷 강의만으로 집과 독서실만을 오가며 놀라운 집중력을 발휘했다. 그 어렵다는 국가직 공무원시험을 먼저 합격하고, 지방직까지 합격하여 2관왕까지 했다.

그렇게 너무 길고 어두운 터널을 빠져나왔다. 그래도 아쉬움은 어쩔 수가 없다. 공부를 곧잘 하는 아이를 팬히 유학을 보내서 힘들게 하고 앞길을 방해한 것인가? 만 가지 생각이 교차하며, 번민과 자책감 같은 것이 나를 괴롭힌다. 가지 않은 길에 대한 미련이나 욕심도 내면에 앙금으로 남아있음을 부인할 수 없다. 아이가 반듯하게 성장해준 것으로 감사해야 하는데 인간의 욕망은 끝이 없다.

작은아이가 2012. 3월 유학을 마치고 먼저 귀국했으며, 큰아이는 인턴십 6개월 과정이 있어서 프랑스에서 2013년 6월에 귀국했는데 4월에 어머니가 돌아가셨다.
차마 아이에게 알릴 수 없어 그냥 넘어갔는데 문제는 큰애가 돌아오는 날 인천공항에서 말을 안 할 수가 없지 않은가. 힘들게 할머니 얘기를 했더니 집에 오는 동안 차 안이 침묵이 흐르고 공기가 무거워졌다. 간헐적으로 큰 애의 흐느낌을 감지할 수 있었다. 어려서 할머니한테 컸으니 그 정이 오죽하랴!

외국물을 먹은 덕분에 2019년 큰아들은 아는 사람이라고는 단 한 사람도 없는 호주에 일한다고 1년 다녀왔다. 누가 가라고 한 것도 아니고 본인이 필요하니까 갔다 온 것이다. 호주뿐 아니라 영어권에는 어디든 주저하지 않고 갈 수 있는 언어를 습득한 것으로 위안을 삼을 때도 있다. 요즘은 글로벌시대인 만큼 어디를 가나 외국인이 옆에 있는 것이다. 유학을 보낸 것이 잘한 것 같기도 하다.

하지만 지금은 아이들을 유학을 보내라고 하면 보내지 않을 것 같다.

나의 마누라 이야기

　　나의 마누라 말을 안 들어서 손해 본 적이 적어도 한두 번
은 더 되는 것 같다. 나의 처는 가끔 "마누라 말을 잘 들으면
자다가도 떡이 나온다."는 말을 하곤 했는데, 내가 경홀히 여
긴 탓인지 시간이 지나면서 "마누라 말을 들을걸!" 하는 것을
느끼는 때가 있다. 그런 걸 보면 여자는 남자들이 잘 알지 못
하는 것들을 느끼는 그 무엇이 있는 것 같다. 육감적이라고도
하며 촉이라고도 하는 여자들만의 그 어떤 신비한 특성이 있나
보다.

　　보통 남자와 여자는 뇌의 구조가 달라서 취미와 관심 분야
가 확연히 다르다고 한다. 남자는 정치, 경제, 종교, 군대, 스
포츠 얘기들을 많이 한다. 반면에 여자들은 살림살이, 마트,
백화점, 다른 사람이나 가정 얘기들로 시간을 많이 할애한다
고 한다. 그래서 그런지 살아가면서 인간관계의 미묘한 갈등
같은 것들은 여자들이 빨리 감지해 내는 것 같다.

　　결혼 생활이라는 것이 30년 가까이 서로 다른 환경과 생활
문화 속에서 살다가 함께 사는 것이다. 누군들 처음부터 다툼
이나 갈등 없이 원만히 살 수 있으랴!
　　우리도 초창기 말다툼 꽤 했던 것 같다. 한 번이자 마지막
이었는데 단칸방에 세를 들어 살 때 살림살이 물건들을 집어

던진 적이 있었다. 상대방이 볼 때는 아무거나 막 집어던지는 것 같아도 나는 그 순간에 깨질 거 안 깨질 거 분리수거를 하는 것이다. 부뚜막에 몇 가지 안 되는 살림살이가 거덜 나게 생겼는지 마누라가 깨갱하는 것이다.(1:0 승리)

한번은 저녁때 말다툼을 하고 집을 나간다. 나간 새는 새장 안에 들어오기 마련이라서 크게 신경을 안 썼다. 잠이 들었는지 한참 만에 깨어보니 훤한 형광등 아래 나 혼자인 것이다. 시계를 보니 시각이 꽤 되었다. 그제야 은근히 걱정이 되었다. "어! 아직 안 들어온 거야? 혹시?" 장롱 안을 아주 조심스레 최대한 천천히 열었는데 거기 이불도 없이 새우잠을 자고 있었다. 안심이 되자, 난(어리석고 매정하게도) 다시 장롱문을 들키지 않으려고 열 때보다 더 심혈을 기울여 닫았다. 그 후에 농 삼아 또다시 장롱 안에 들어가서 자라고 하면 절대 안 잔다고 한다. 그날 한잠도 못 잤다는 것이다. 하긴 그 안에서 잠이 올 리 만무하다.(2:0 승) 그랬는데 어느 날은 친정 집으로 뛴 것이다. 장모님한테 미안하니 죄송하다고 해서 그동안 전적이 물거품이 되었다.(0:2패) 친정엄마가 좋기는 좋은가 보다.

결혼 몇 년 되지 않아 제주도엘 놀러 갔다. 동서가 제주도 사람이라 제주도는 참 많이 갔는데 결혼 초 언젠가 갔는데 어느 폭포 가기 전에 집사람이 1회용 카메라를 사러 관광지 상점엘 가서 아무리 기다려도 오지를 않는 것이다.

나와 동서는 할 수 없이 상점엘 가봤는데 없는 것이다. 여자 화장실에 가서 이름을 부르며 찾는데 없다. 그때가 인신매

매범으로 세상에 화제가 되던 때라

마음이 불안해지기 시작했다. 띠동갑 손위 동서도 긴장하기 시작했다. 동서 왈 "야! 이런 데서도 인신매매를 하냐?" 악당들한테 끌려가는 걸 상상하니 미칠 지경이다. 우리가 할 수 있는 일이라고는 아무것도 없기 때문이다.

돌아가서 장모님을 뵐 걸 생각하니 아찔하고 막막하다. 볼 면목이 없는 것이다. 어떻게 마누라를 다 잃어버리고 다니냐고 하면 할 말이 없는 것이다. 우리는 하는 수 없이 폭포로 갔다. 그랬더니 거기에 있는 것이 아닌가!

아! 반갑기도 하고 한방 쥐어박고도 싶고! 우리가 기다리고 있는 곳으로 안 오고 개구멍을 통해서 바로 폭포로 갔다는 것이다. 아무튼 장모님 걱정은 안 하게 됐다.

한번은 언젠가 설날 아침이었는데 이십여 명의 대가족이 다 모였는데 뜬금없이 나를 성토하는 것이 아닌가.

"이 사람은요 할 줄 아는 게 아무 것도 없어요."

하는 것이다. 심지어, 못 하나 전구 하나 못 간다는 것이다. 순간 얼굴이 확 달아오르면서 창피한 것이다. 남자로서 사내로서 망신 아닌가! 순간 당황해서 뭐라 변명해야 하는데 떠오르지 않는다. 그랬는데 순간 하늘에서 계시가 내려오는 것이다. 바깥양반! 옳거니 그래 바로 그거야! 나는 바깥양반이기 때문에 집 밖에서 일어나는 일은 내가 다한다고 했다. 아이들 교육문제, 국방문제, 외교 문제 등 사실 그건 내가 다 했다. 그리고 집에서 일어나는 일은 집사람이 하는 것이라고 논리를 폈다. 그랬더니 우리 대가족이 다들 맞다고 맞장구를 쳤다. 가재는 게 편이 아닌가? 팔이 안으로 굽는 것은 어쩔 수 없는 것인가 보다.

한번은 저녁에 집사람하고 큰 녀석 하고 말다툼을 했나 보다. 좀 심한 말을 들었는지 집사람이 많이 상심해 있어서 큰 녀석을 데리고 나가서
"야 엄마는 내가 가장 사랑하는 사람이야 엄마한테 잘 했으면 좋겠다."
고 했다. 그 후에 집사람이 나한테 핸드폰을 보여주는데
"엄마 죄송해요. 다신 안 그럴게요."
그 후론 그런 일이 없는 것 같았다.

집사람 오빠하고는 초등학교, 중학교 동기동창이다. 친구인 것이다. 손재주가 좋아서 잘하는 것이 많다. 고등학생 때였다. 한번은 포도원도 가꿔서 포도밭에 가서 포도를 먹은 적도 있다. 친분이 있으니까 집에도 들렸는데 그때 여동생이 있다는 걸 알았다. 그리고는 몇 년이 흘렀을까 오랜 시간이 흘러 내가 윗동네 살았다. 한 번은 버스를 타고 가는데 한 여자가 버스를 탔다. 친구 동생인 것이다. 호리호리하다기보다는 빼빼 말랐다. 내 깐에는 친구 동생이니까 오빠 잘 있냐고 말을 걸었다. 들려오는 응답이 고개도 안 돌리고
"있어요."
차갑고 짧은 외마디였다. 느낌이 영 거시기 했다. 순간 느낌이 좋지 않았다. 속으로

"싸가지 뭐 저런 게 다 있어."

그리고는 세월이 꽤 많이 흘러 춘성군청 서면 향우회 첫 모임이 있었다. 참석했다. 바로 그때 그 싸가지가 있는 것이다. 좌우지간 공무원이 돼 있는 것이다.

근데 그때처럼 빼빼가 아니고 그래도 좀 살짝 통통해진 게 그리 차가워 보이지는 않았고 왠지 반가웠다. 1차가 끝나고 2차로 커피를 마시러 갔는데 그때만 해도 평생 같이 살게 될 거라고는 상상도 못했다. 그리고는 그 모임은 그게 처음이자 마지막이었다. 우리를 위해 모였다고 해도 완전, 틀린 말은 아닌 것 같다.

우리는 서로 동네 이름은 달라도 거리가 1km 정도 되는 거리다. 그러니 설날이나 추석 명절 때 어디 갈 데가 별로 없는 것이다. 처가에 가는 맛도 안 나고 한번은 추석날 처남댁 친정을 쳐들어갔다. 집사람한테 미리 얘기하면 안 갈 게 뻔하니까 드라이브시켜준다고 하고 횡성 읍내까지 가서 내가 어디 가는 줄 아느냐 처남댁 친정집으로 가는 길이다. 중간에서 내릴 수도 없고 해서 횡성 시골을 찾아갔는데 사돈어른들 하며 기겁을 하는 것이다. 그래도 오소리, 너구리 아껴놨던 진미들을 주셔서 융숭한 대접을 받고 왔다. 사돈이 어렵다고 자제해봐야 나한테 좋을 게 없다. 목마른 사람이 샘을 파는 것 아닌가.

30년 이상 같이 살다 보니 이젠 서로를 좀 아는 것 같다. 말다툼도 덜하고 그냥저냥 살아가고 있다. 사실 내가 집사람한테 잘해준 것은 별로 없지만, 집사람이 나한테 잘해준 것은 많은 것 같다. 먹고 사는 문제도 그렇고 직장생활 하는 데 있어 남들 의식해서 옷가지 하며 과하게 은혜를 입었다. 호강하고 산 것 같다.

말로 사랑한다는 표현을 해 본 적은 없는 것 같다. 글로 표현하기도 우리 나이는 쑥스러운 것 같다. 하지만 여기서 만큼은 해야 할 것 같다. 안 하면 배우자한테 빚을 진 사람으로서 염치도 없을 뿐만 아니라, 도리에 어긋나는 것이기 때문이다. 나는 나의 마누라를 극진히 사랑한다.

나의 소중한 사람들

가족과 친인척, 교회 식구를 제외하고 세상에서 인연을 맺은 소중한 사람들이 있다.

사람들은 흔히 말하기를 친구가 필요하고 또한 친구가 좋다고 하는데 그 친구라는 것이 학교 친구들과 사회 친구들을 말하는 것이다. 나에게도 초등학교를 비롯하여 중학교, 고교, 대학 친구들이 아주 많은 것은 아니지만 여럿 있다.

초등학교 친구라고 해서 모두가 친한 것도 아니며 사회에서 만난 지 얼마 되지 않았는데도 친한 친구 같은 벗이 있는 것이다. 그런가 하면 직장생활에서 맺은 소중한 인연으로 모임을 지속하는 동료들도 있고 어쩌다 해외여행을 같이 하는 친목회도 있어 인생이 그리 심심치는 않고 나름 재미있는 세상이다.

나에게 있어 친구든 선후배든 세상에서 알게 된 소중한 인연들을 서열 순서에 관계없이 열거해 본다. 혹시나 여기에 본인 이름이 없다고 서운해할 수도 있으리라는 것을 감수하면서 말이다. 지면상 호칭을 생략함에 양해를 구한다.

아무래도 초등학교 친구들이 많은 것 같은데 일일이 거론할 수는 없지만 한동네서 같이 자란 죽마고우 병오, 모임을 같이 하는 영미, 영옥, 은옥, 33회 초딩 여걸 송주, 이민 가서 사는 정근, 의리의 친구 영구, 수고 많은 순복, 동창들의 언니 같은 덕균 권사, 교회에 열심인 양순, 금순 전도사, 좋은 데 사는 찬애, 참석율 좋은 시자, 보기가 쉽지 않은 국현, 허명희, 중학교 친구들은 별로 없네. 몸치진국 준호, 승천 국방장관, 본지 오래된 경중, 고등학교 친구들은 너무 많아 지면이 모자라서 미안하지만 건너뛰고 대학친구는 유일하게 공직 친구 (전) 홍천군 과장 기병, 이 친구 부부는 우리랑 같은 계열의 직장이라 통하는 게 많아 1박2일 워크숍과 결혼기념일을 서로 챙겨주는 절친, 그리고 또 하나 동만 이 친구는 예수를 알기 전엔 나하고 친했는데 예수를 알고 나선 예수하고 더 친해져서 좀처럼 보기가 쉽지 않고 홍천에 대학 친구들이 꽤나 있었는데 진영 친구 오랜만에 반갑게 조우했고, 대학 학과 친구들 성호, 근영, 두희, 성일, 다들 마음이 통하는 좋은 친구들이다.

헵시바 합창단 멤버들 민계숙(지휘자), 대선배님 선우기평, 박준재, 박제홍, 김희성, 정원태, 윤하수, 박연화, 이성실, 최명선, 연규옥, 조미정, 김이은, 이경은, 안승미, 정은영, 김은정, 월요일 성악반 운파형, 겨울안개, 문순자,
서울 파견근무의 소중한 인연 한국시도지사협의회 성주, 영미 변함없는 귀인들이다. 강원도의회에서 특별한 인연으로 만난 서의승 전문위원님,
직장 고교 선배 유기호, 김기환, 직장에서 한 팀으로 만난 사스 모임의 김용국, 성숙, 박광용 나의 좋은 벗들이다. 도 인재개발원 동지들 이종근, 이양섭, 사재명, 구주회, 이연순, 양옥경, 정봉진, 자주 못 만나도 마음에 간직하고 있는 직장인연 아우들 진섭, 기운, 남석, 선규, 기성, 진옥, 혜미, 수경, 미

료, 연미, 현정, 현경, 신아, 승윤, 다솜, 인희, 베트남 멋진 배낭여행 멤버 정운신, 한상우, 유명 시낭송인 양구 연홍제자, 직장에서 만나 마음으로 만남을 지속하는 사람들 허윤, 서영주, 지승태, 이시복. 관에서 지체 높게 있으면서 큰일들을 한 전 현직 관료들이다.

도청 농협맨 심명용, 김종구, 이미숙 누구나 좋아하는 지점장들이다.

빡센 명강사 교육동기들 서울 김기호, 대전 전현옥, 강원대 윤유진, 양구 김재희.

각 지역에서 한 가닥씩 하는 유지들이다. 2006년에 만난 바이칼 가족들 양평 정인국(김주자), 인천 허홍(이지원), 충주 허경자(황의창), 울산 장홍구(김은정), 성남 박승민(김지영), 서울 박순희, 최지영, 일산 최영란, 대전 이정숙, 울산 차경희, 때만 되면 늘 챙겨주는 나의 또 다른 가족 연산 승숙. 해외여행 인연이 이리 오래 갈 줄은 몰랐다. 처음 만난지 15년이 되었다. 심지어 다리를 다쳐 병원에서 만난 인연 포천의 심훈보 부부, 취미 동호회 산지기형, 뽕발, 노란잠수함,

마음 동호회 새나무, 청울림, 푸른하늘. 마음공부 동지 혜안심, 보리심.

아이들 어릴 때 만난 몇 십년 오랜 친목회 천사회 가족들 이성재(최정희), 조규선(이차옥), 김윤식(김춘옥). 7가족으로 출발했는데 아쉽게도 5가족이다.

모계사회가 되어버린 나트랑 친목회 대가족, 그중에도 기지

국(농막) 주인장으로 멤버들 삶의 건강 증진을 위해 불철주야 애쓰시는 이사장 정만수(박연순), 자유로운 영혼으로 운전은 어디든 마다하지 않고 서비스하는 전문기사 오대영, 친형제보다 더 많이 얼굴 보는 이웃사촌 길성배(박은자), 김명임, 음악가 디제이 오세억(윤금숙), 공주네 이하영(박옥환), 진국 부부 임찬우(박영주), 환상의 복식조 조재형(송호숙), 인심 좋고 창의적인 김인호(육정미). 집사람이 친언니보다 더 마음을 주고받는 이미숙, 집사람의 아주 오랜 벗 우애경, 단골식당도 소중한 인연이라 봄내구이촌 이충헌 부부, 엄문희 부부, 아는게 많은 강남한우갈비살 진용균 부부, 열정 하나로 사업하는 중국사람 양실화. 연극으로 만난 김영조 연출샘, 김진국 작가, 배우들 박병근, 정영순, 이은주, 부루문, 손은영, 길락희, 한명옥, 김순득, 박애연, 박진희. 춘천연극제 아카데미 인연 엄윤경 사무국장, 엄정현 팀장, 조정민 교수, 배우들 김기숙, 박상민, 박선영, 변소연, 오홍택, 유영희, 이정미, 이현윤, 조문자, 최보미, 최승우, 홍준표, 황지혜. 커피와 대화의 벗 220볼트 최미애.

이 모두가 내 주변에 있는 소중한 인연들로 죽을 때까지 생사고락을 함께하는 사람들이다. 나의 귀중한 모든 사람들에게 감사하다. 그리고 서두에 언급했듯이 서운한 사람에겐 다시 한번 미안하게 생각하며 용서를 구한다.

바위고개 추억

"바~위 고~개 언~덕을 혼~자 넘자~니 옛~님~이 그~리
워 누~운물 납니다.

고~개 위~에 숨~어서 기~다리~던 님 그~리워 그~리워
눈~물 납니다."

「바위고개」라는 제목의 가곡이다. 이 노래를 부를라치면
옛날 자동차 없이 걸어 다니던 시절 야산 고개를 넘어 외갓집
을 수도 없이 오갔던 기억이 떠오른다.

우리 가족은 물론 외가 식구들과 그곳 동네 사람들이 다 그
길로 다녔기 때문에 마치 토기 길처럼 반질반질하게 나아 있
었다. 길은 폭이 좁아 한 줄로 갈 수밖에 없는 길이었지만 험
하지도 않다. 시간상 그리 길지 않은 오솔길이라 정겹고 주변
이 너무 익숙해져 있어 밤이 아니면 혼자서도 무섭지 않게 다
니곤 했다. 일단 내리막 좁은 산길은 마치 모래 썰매 길 같아
미끄럼을 타며 내 닫는 맛이 스릴 만점이었다. 어쩌다 어두컴
컴한 저녁 무렵에 오는 날이면 겁이 많아 걸음아, 나 살려라
단숨에 내 달렸다.

그러던 길이 이제는 숲이 우거져 그 입구조차 진입할 수조
차 없게 되었다. 그 이유는 시대가 발달하고 경제가 발전하고
살기 좋은 환경으로 바뀌었기 때문이며 자연스러운 현상일 것

이다. 우리나라가 1970년대 이후 30년 사이에 얼마나 많은 경제적 발전을 했는가. 세계에서 거지같이 가난했던 나라가 경제 순위가 GDP(국내총생산)기준 세계 12위라고 하니까 대단한 나라임에는 틀림없는 것 같다. 교통수단의 발전은 가히 상상을 초월한다. 앞으로는 KTX보다 더 빠른 초고속 열차가 나올 것이다. 불과 2, 30년 만에 온 나라가 자동차로 몸살을 앓고 있다. 주차공간이 턱없이 부족하여 곤욕을 치른다.

어디 자동차 문화뿐이랴 아이들의 놀이 문화도 예전에 비해 천양지차로 달라졌다. 나의 어린 시절 놀이라고 하는 것은 모두가 집 밖에서 노는 것이었다. 새나 잠자리들하고 놀고 들이나 산에서 놀았으니 자연과 더불어 살았다고 하는 표현이 더 잘 어울릴 것이다. 하지만 요즘 아이들 시대는 그렇게 놀 수 있는 공간도 없거니와 최첨단 정보통신산업의 발달로 모든 놀이가 개인적이고 컴퓨터나 스마트 폰을 통한 디지털 전자놀이인 것이다.

자연이 주는 말로 형언하기 어려운 정서와 독특한 맛을 알 수가 없다고 본다. 자연은 세월이 아무리 흘러도 가식이 없이 진솔한 친구다.
지금 나는 옛 시절 멧새 소리를 들으며 넘었던 그 바위고개를 다시 한번만 넘을 수 있다면 더 이상의 소원이 없을 것이다.

나의 외할머니

초등학교 4-5학년 때쯤의 일이다. 어머니가 장에 갔다 오셔서 우리는 늦은 저녁을 먹다가 외갓집으로부터 급한 전갈("외할머니가 위독하시다")을 받았다. 어머니는 바로 숟갈을 내려놓으시고 외갓집으로 가셨는데 나는 그 후로 외할머니를 볼 수 없었다. 외할머니와의 인연이 그렇게 빨리 끝날 줄 누가 알았으랴! 내겐 너무나 큰 슬픔이었고 충격이었다. 태어나서 주변 사람을 잃는 첫 번째 경험이었다. 말로 표현하기 어려운 개념이었을 테다.

어머니는 상복을 입으시고 방안에만 계셨다. 밖에서 듣기에 거의 어머니 울음소리만이 지금도 귓전을 때리고 있다. 어머니 형제는 손위 이모, 손아래 외삼촌 그랬다. 나는 엄마 모습이 보고 싶어 겨우 창호지 문의 작은 유리창을 통해 가끔 엄마 모습을 볼 수 있었다. 엄마가 너무 슬피 우시니까 나도 슬프고 마음이 그랬다. 엄마가 계속 우시니까 오죽하면 이모가 그만 울라고 다독거리셨다.

지금 생각해 보니 엄마에게 있어 외할머니의 죽음은 청천벽력! 하늘이 무너져 내리는 충격과 슬픔이었으리라. 하기야 외손주인 나에게 외할머니가 나의 전부였다. 엄마인 당신에게 외할머니는 이 세상에 하나밖에 없는 '엄마'가 아니던가….

나는 솔직히 엄마에겐 미안한 얘기지만 외할머니 생존시까지는 엄마의 존재에 대한 기억이 별로 없다. 그만큼 외할머니

가 엄마 역할을 대신하셨다고 해야 할 것이다.

금산 초등학교 입학하는 날부터 한동안 외할머니 손을 잡고 학교를 다녔다. 일곱 살 때인가 손가락을 수도 펌프에 잘 못 집어넣고 외사촌이 힘껏 내리눌러서 크게 다쳤다. 외할머니께서 민간요법으로 지극 정성으로 보살펴 주셨다.

외할머니가 계실 때까지는 거의 매일 외갓집에 가서 논 것 같다. 외사촌이 친구인 것도 있었겠지만 외할머니의 사랑이 가장 큰 자석이 아니었을까. 어린 시절 어느 해 겨울, 밖에서 신나게 노는데 외할머니께서 나를 부르신다. 안으로 막 뛰어 갔더니 외할머니는 밤 대추를 주머니에 한 움큼 넣어주신다. 그럼 난 혼자 받는 게 미안해서 외사촌을 부른다. 그러면 외할머니는 부르지 못하게 하신다. 난 이해가 되지 않았다. 그 궁금증은 내가 어른이 되어서야 풀렸다.

외삼촌은 양자였다. 그런 점은 인간사에선 어쩔 수 없는 것인가 보다. 그런 사랑을 받다가 외할머니가 돌아가셨으니 그 후 상황이 어떠했으랴! 외할머니 없는 외갓집을 오아시스 없는 사막에 비유하면 좀 지나친 표현일까? 외갓집에 대한 분위기는 완전 다를 수밖에…. 난 억지로 둥지에서 밀려난 어린 새가 되었다. 그 후로 외갓집에 간 기억은 외할아버지 생신날이었다.

난 이 글을 쓰면서 주체할 수 없이 흐르는 눈물을 계속 닦아내면서 썼다. 시간이 오래 걸렸다. 엄마의 슬피 우시던 모습과 외할머니의 사랑과 정성 어린 모습들이 떠오르면서 감정이 격해진 탓이리라. 막상 그땐 엄마 때문에 외할머니를 위해 울지 못한 것 같다. 비록 많이 늦긴 했지만, 오늘의 이 눈물을 보고 싶은 외할머니께 모두 바친다.

아이들 어떻게 키울까

글쎄 아이들을 어떻게 키우는 것이 좋은가? 정답이 있는지 모르겠다. 하지만 적어도 나는 내 기준과 경험으로 얘기할 수밖에 없다.

나의 유년 시절을 비롯한 인생 전반부가 자연과 더불어 살아서 그런지 사람은 자연과의 교감이 매우 중요하다고 생각한다. 그것은 사람 또한 자연의 일부이기 때문일 것이다.

우리 아이들은 도시에서의 생활이기에 어렸을 때 어린이날이면 연례행사로 내가 살던 고향 야산에 데리고 다니면서 고사리, 고비, 취나물 등 산나물 채취를 했다.

그리고 여름밤이면 물고기(뚝지)를 잡으러 간다. 준비물은 랜턴, 족대, 주전자 정도면 된다. 뚝지는 보호색이 돌 색깔과 흡사해서 랜턴으로 물속을 비추고 자세히 관찰해야만 볼 수 있다. 그래서 발견하면 족대로 이 녀석을 포위한 후, 톡 하고 건드리면 족대 안으로 쏙 들어오는 것이다. 이렇게 뚝지를 잡는 맛은 그 어떤 메뉴보다 별미인 것이다. 체험해 보지 않은 사람은 그 희열(맛)을 모를 것이다.

가을이면 벼가 누렇게 익어갈 무렵에 메뚜기 잡기는 자연이 주는 또 다른 재미다.

가을은 풍요로운 계절이라 밤 줍기, 버섯 따기 등 산과 더불어 좋은 시간을 보낼 수 있다. 그 밖에도 아이들이 어릴 때 채석강, 서산 앞바다 등 서해안 쪽에 가서 조수간만을 체험했다. 썰물 때를 이용하여 자연산 굴로 점심을 해결하고 섬마을을 갔다 오는 체험을 했다. 내 자식들에게 소중한 추억이 되었을 것이다.

요즘의 아이들은 자연과의 교감이 별로 없는 반면, 휴대폰이나 컴퓨터 게임으로 시간을 보낸다. 그것이 심화 되면 문제가 될 수 있다. 게임이라는 것이 공격성을 띤 것이라 인성함양에 크게 도움이 되지 않으리라 본다. 아이들이 우유(소젖)를 먹으니 어미젖을 머리로 치받는 송아지를 닮아 툭하면 부모를 치받는 것이다.

세상이 경쟁 사회라 태어나자마자 영어 학원, 음악 학원 등으로 향한다. 사람을 인간이 아닌 도구로 만들다 보니 인간미 없는 험악한 세상이 악순환되는 것이다.
그래서 인간이 자연으로 돌아가야 하는 이유가 여기에 있는 것이다.

향수의 개똥철학

우리는 세상을 살아가면서 좋든 나쁘든 남들이 잘 알지 못하는 인간관계를 맺으며 살아간다. 그런 속에서 알게 모르게 때론 상처도 받고, 본의 아니게 상처를 주기도 한다. 인간관계는 상대적이라서 나에게 웃음으로 다가오면 웃음으로 대하게 되고, 적대감으로 다가오면 그에 걸맞는 모습으로 대하게 된다.

문제는 내가 상대방에게 아무런 잘못이 없는 것 같은데 나를 경계하고 멀리한다. 더 나아가 적대감을 가지고 대하게 될 때 그 이유를 생각해 보지 않을 수 없다는 것이다. 그럴 때 우리는 많은 경우의 수를 헤아려봐야 한다. 나는 그동안 사람들을 편애하지는 않았는지, 좀 영향력 있고 능력 있는 사람 위주로 친분 관계를 쌓은 건 아닌지 등등. 나는 공평하게 한다고 생각했을지 몰라도 상대방이 그렇게 받아들이지 않을 수도 있으니 말이다.

다시 말해서 나는 잘하는데 상대방이 잘못한다고 생각하기가 쉽다는 얘기다. 그 이유는 사람은 무의식적으로 나의 자아 편을 들기 때문이다. 쉽게 말해서 나는 내 편이라는 것이다. 내가 잘못한 것에 대해서는 관대한 반면, 남의 잘못은 용서가 잘 안 된다. 남의 잘못은 훤히 잘 보이는데 나의 잘못은 보기가 쉽지 않다. 왜 그럴까. 남은 나와 떨어져 있어서 관찰하기가 쉽지만 나(주체)는 나(객체)와 붙어 있어서 나를 객관적으로 관찰하기가 어려운 것이다. 그래서 사물을 관찰하듯 "너 자신을 제대로 관찰하라."는 것이 소크라테스 철학의 명제가 아닐까?

그러고 보면 철학이라는 것이 철학자들만 다루는 학문이 아니고 우리네 일상생활과 삶 속에 매 순간 자리하고 있는 화두가 아닐는지…. 분명한 것은 결과엔 반드시 그 원인이나 그에 따른 요인이 있다는 것이다. 그 원인이 상대방이 될 수도 있겠지만 내가 될 수도 있다는 것이다. 남의 탓도 있겠지만 내 탓인 경우가 더 많을 수도 있을 것이다.

야생조(Wild Birds) 이야기

나는 유년 시절을 온통 새의 돌보미(어미)로 보냈다.

우리 집은 산속에 있었다. 봄과 여름이면 들이나 산에 집을 짓고 사는 새들의 새끼를 둥지에서 꺼내다가 기르는 것이 나의 최대 관심사였고 취미였다. 공부와는 거리가 멀었으며 초등학교 6학년까지 그렇게 지냈다.

새에게 정성껏 먹이를 챙겨주면서 새가 커가는 모습에 난 희열을 느끼며 정말 신명 나는 삶을 살았다.

그래서 지금도 야생조인 할미새, 느릅찌기, 박새, 때까치, 꾀꼬리, 청호반새, 난춘이(새매), 산까치 등 많은 새들의 성질을 웬만큼 알고 있다.

할미새~박새처럼 작은 새들은 사람이 주는 먹이를 절대로 먹지 않아서 키우기가 쉽지 않다. 하지만 때까치, 꾀꼬리처럼 어느 정도 크기가 되는 새들은 사람이 주는 먹이를 먹으므로 키우는데 재미를 느낄 수 있다.

새들 중에 사람과 친해지고 사람을 잘 따르는 새는 때까치이며, 내가 어디 좀 출타했다 오면 종종걸음으로 마중을 나오며 먹이를 달라고 야단이다.

그러던 어느 날 어디 좀 갔다 온 사이에 그렇게 정들었던 새를 개가 물어 죽였다는 비보를 접하고 너무 안타깝고 속상해서 울었다. (아마 지금 같았으면 그 개는 어찌 되었을까? 분명 몸을 희생해야 하는 죗값을 치렀을 것이다.)

한 번은 할미새 새끼 여섯 마리를 키우게 되었다. 사람이 주는 먹이를 먹지 않아서 자그마한 종다래끼 입구를 나뭇가지로 빗장을 질러 새가 도망가지 못하도록 해놓았다. 어미 새가 먹이를 물어다 주도록 하여 키웠다. 어느 날 새장 안에 어미가 들어간 것을 동생이 지켜보고 있다가 어미 새를 잡아서 나한테 마치 무슨 큰 공이라도 세운 것처럼 자랑하는 것이 아닌가! 순간, 당황스럽기도 하고, 화도 났지만 이미 엎질러진 물이니 할 수 없다고 생각하고 내가 키우기로 마음먹었다.

문제는 다음 날 일어났다. 새를 위한 새장이 없으니 무식하게 세숫대야로 새들을 덮어놓고 학교에 간 것이다. 머피의 법칙인가! 하필이면 그날이 수업이 제일 많은 날이람…. 공부가 될 리도 없고 정신이 온통 새에게 쏠려있는데 저녁때가 돼서야 수업이 끝나서 시오리 길을 단숨에 뛰어가 세숫대야를 열어보니

아! 이 노릇을! 새 일곱 마리가 모두 처참하게…. 가슴이 너무 아팠다. 소년의 가슴은 비통하기 그지없었다. "내가 죽일 놈이다."라는 죄책감 등 마음이 착잡하고 슬펐다. 새 일곱 마리를 안아 들고 집 근처 산자락에 가서 한 마리, 한 마리 무덤을 만들어 주며 간절히 절을 올렸다. 일곱 번 절을 하며 사죄하고 부디 좋은 곳으로 가기를 빌었다.

그렇게 소년은 자연과 더불어 살면서 감성이 함께 자라고 있었다.

나의 유년 시절

나의 유년 시절엔 대부분이 가난하였다. 그때 당시의 놀이는 주로 밖에서 노는 것이었다. 숨바꼭질, 자치기, 비석 치기, 딱지치기, 다마 먹기(구슬치기), ㄹ(리을)잡기, 육해공군놀이, 겨울이면 연못에서 필딱기 등등, 그러나 무엇보다 여럿이 노는 데는 축구만한 것이 없다.

문제는 공이었다. 공을 살 돈이 없으니 10원짜리 작은 공으로 논에서 축구를 했다. 볏집 글거리에 걸리고 영 재미가 없는 것이다. 그래서 공을 살 돈을 우리들이 손수 마련하기로 했다. 6월이면 오디를 따다가 배를 타고 근화동 배터에 가서 팔았다. 그때는 우리 같은 어린아이들 물건도 샀던 것이다.

30원짜리 공에서 점차 100원짜리 공까지 사게 된 것이다. 100원짜리 공은 일단 크기는 지금 축구공처럼 컸다. 비록 단순 고무공이긴 했지만. 새 공을 사서 가지고 돌아오는 기분이 그야말로 째지는 것이다. 촌놈들 길을 잃을까 봐서 갔던 길로 그대로(직선으로) 돌아오는 것이다.

이제 가까스로 공은 마련했는데 문제는 신발이다. 검정 고무신을 신고 공을 차니 허구한 날 신발이 벗겨지니 말이다. 신발이 하늘로 날아가고, 상대편 볼따구니를 때리고…. 생각다

못해 마루 밑을 뒤지니 짝이 안 맞는 헌 운동화들이 나온다. 그걸 덧신으니 아주 훌륭한 축구화가 된 것이다.

조금 뻥을 치면, 아마 그때 나이키나 프로스펙스만 신었더라면 국가대표 선수도 해 먹었을 텐데….

여름방학 때면 집 근처 연못에서 멱을 감으며, 호투(왕잠자리)를 잡으며 한 달 내내 보냈다. 그땐 환경이 오염이 안 돼서 그런지 각종 잠자리와 물방개, 소금장수 들이 많았다. 집에 가서 밥 먹고, 새 먹이 주고 하는 시간 이외에는 연못에서 살았다. 방학 숙제와 한 달치 일기는 개학 전날 해치웠다.

겨울이면 밖에서 놀 수 있는 게 제한적이다. 여럿이면 연못 얼음 위에서 축구도 하고, 필딱기(그땐 그렇게 불렀다.)도 하는데 혼자서는 놀 수 있는 것이 고작 연 날리는 것이었다. 연은 창호지로 만드는 것이 가볍고 질겨서 가장 좋은 연인데 언감생심 꿈도 못 꾼다. 대신 작은 형 노트를 재료로 사용했다. 가운데 실을 빼서 두 쪽을 들어내면 A4용지가 되는데 연 만드는데 전혀 문제가 안 된다. 근데 나는 크게 생각해서 형이 필기한 노트를 뜯었다. 그러면 형은 차라리 쓰지 않은 백지 노트를 사용하는 게 그나마 낫다고 한 소리 듣곤 했다. 그래도 이틀이 멀다하고 형 노트로 연을 날리며 세월을 보냈다.

몹시 추운 날엔 작은 창문에 실이 통하게 구멍을 내어 방안에서 연을 날리는 날도 있었다. 부모 몰래 날리는 그 건 아주 스릴 만점이었다.

나의 전성기 중학시절

초등학교 6년을 새 어미로 살다가 세월에 떠밀려 중학교에 입학하게 되었다.

산수 과목은 기초가 전혀 안 된 상태에서 말이다.(3/2+4/3 문제를 7/5로 통분하지 않고 밑에는 밑에 끼리 더하고, 위에는 위에 끼리 더해 버렸다.) 교육제도가 바뀌어서 우리 2년 선배부터 시험을 안 보고 중학교에 가게 되었다. 아마도 의무교육 때문인 것 같았다.

나의 작은 형이 중학교 시험 마지막 주자였다. 형은 공부를 잘했고, 춘천의 명문중학교인 춘천중에 다니고 있었는데 겨울 방학 때 영어 알파벳(대문자, 소문자, 필기체)을 가르쳐 주었다. 중학교에 입학하기 전이라 거의 석 달을 노는 것이다. 그때는 겨울이면 눈이 한번 오면 겨우내 녹지 않고 있었다. 그러면 나는 막대기를 들고 눈 위에 영어 알파벳 대문자, 소문자, 필기체를 쓰고 노는 게 하루 일과였다. 그게 재있었고 영어에 흥미를 가질 수 있는 계기가 되었던 것이다.

중학교에 들어가서 한번 시험을 치렀는데 우리보다 규모가 작은 다른 초등학교에서 온 한 녀석의 전 과목 평균 점수가 98점이 아닌가! 난 겨우 70점대, 석차도 중간! 눈이 뒤집히는 것이다. 자존심이 말이 아니다.

　정말 쪽팔린다. 근데 어찌한단 말인가. 산수가 안 되는 놈
이 수학을 어떻게 하겠는가 말이다. 그나마 영어는 만점에 가
까이 가는데 수학이 문제인 것이다.

　나는 나도 모르는 사이에 자동 새의 세계를 완전히 떠나 이
제 본격적인 경쟁 사회에 돌입하게 된 것이다.

　그러던 어느 날! 지금도 확실하게 기억되는 그날! 중학교 2
학년 봄 어느 날! 수학 시간! 눈이 칠판에 꽂히는 걸 분명히
느꼈다! 머릿속에 그대로 쭉 빨려 들어오는 것이 아닌가! 이
해가 되기 시작했다. 머리가 늦게 트인 것인가 아무튼 겨울밤
새벽 한두 시까지 공부해도 피곤한 줄 몰랐다. 수학 문제 답
이 풀리는 재미에…. 나의 지론은 영어가 되면 다 된다는 것

이다!

그때부터 나의 성적은 상승하기 시작했고 갑자기 부각 되었다. 선생님들의 사랑을 듬뿍 받으며 내 인생에 있어 최고의 전성기였다.

나는 춘천의 명문고에 혼자 시험 보러 가게 되었다. 그때 서면에서 많은 사람들에게 기대가 촉망되는 학생이었다. 그리고 동창회 때면 누군가가 "어느 날 갑자기 공부를 잘했던 사람이 너"라는 얘기가 나오게 되었다.

열악한 환경의 고등학교 시절

　나의 고등학교 시절은 한마디로 최악 그 자체였다. 작은 형은 더욱 그러했을 것이다. 중학교 때부터 그러했으니까. 전기가 없는 호롱불로 공부하고 허구한 날 호롱을 닦다 깨지면 손을 베었다. 학교에 가자면 꼭두새벽에 일어나 50여 분 걸어서 배를 타고 30분, 또 걸어서 25분, 그렇게 왕복하면 집에 와서 공부할 수가 없는 것이다.

　특히 겨울! 지금 추위와는 비교도 안 될 만큼 엄동설한 겨울, 막배를 타고 집에 오는 길은 왜 그리도 바람이 내리 부는 것인지···. 냉동된 고환을 화로에 가달(가랑지)을 벌리고 녹이는 경험을 해보셨는지···.

　집 가까이에서 다니고 과외공부까지 하는 학생들하고는 경쟁력에서 뒤떨어지는 것이다. 집안 형편이 가난했기 때문에 시내에 나가 하숙이나 자취할 형편도 못 되었다. 그리고 나와 작은형은 농부의 자식이라 주말이면 일을 안 할 수가 없다. 그래도 나는 3남이라 좀 덜했다. 형은 정말 일을 많이 한 것으로 알고 있다.

　게다가 여름 장마 때면 공부하다 말고 서면 학생 나오라고 한다. 배가 끊긴다는 것이다. 그러면 어떤 학생들은 그걸 부러워하는 애들도 있는 것 같았다. 그러니 언제 공부를 한단 말인가.

가정 형편상 작은형은 나 때문에 4년제 대학에 못 갔다. 2년제 교육대를 가야만 했다. 난 평생 형한테 갚지 못할 빚을 지고 있다.

내가 언젠가 이 얘기를 한 적이 있었는데 형은 그렇게 생각할 필요 없다고 했지만 미안한 마음이 가시지 않는 것은 무엇 때문일까….

그렇다고 해서 지금에 와서 나의 환경을 탓하는 것은 아니다. 그것은 내가 타고난 숙명이고 그렇게라도 공부를 하지 못한 많은 내 또래 친구들에 비하면 나는 그래도 행복한 사람이다. 그리고 그 어려운 환경 속에서도 자식들을 위해 살과 뼈를 깎는 고생을 하시면서 최선을 다해 주신 부모님들을 두었다는 것은 큰 복일 것이다.

빈 깡통의 대명사 먹고 대학생

1979년 10월 26일 밤! 역사에 길이 남을 엄청난 충격적 사건이 발생했다.

비록 정치적으로는 장기집권을 위한 유신헌법 제정 등 독재정권에 대항하는 부마사태를 촉발하며 정국이 불안하고 혼란한 상태에 이르게 된 정치적 책임에 대한 많은 비판을 받으나, 한편 경제적으로는 새마을운동, 누차적 중장기 경제개발 5개년 계획 등을 실현하여 대한민국 경제발전의 기반을 구축했다는 긍정적 평가를 받는 대통령이 최측근 심복에 의해 피살된 것이다. 이름하여 서거하였다.

이제부터 나라는 한 치 앞을 예측할 수 없는 소용돌이 속으로 빠져서 들어가는 전주곡이 시작된 것이다. 아닌 게 아니라 12월 12일 밤! 야심에 찬 힘 있는 일부 세력들이 전두(앞이마)가 환한 장군을 모시고 한판 다부지게 싸움을 걸어온 것이다. 그리하여 막강한 힘으로 정상적 시스템을 무너뜨리고 왕초 노릇을 하려고 했다. 대학생과 일반 시민들이 바보가 아니니 가만히 있을 리가 만무하다. 전국이 하루도 편할 날이 없었다.

드디어 1980년 5월 18일! 광주민주화운동이 발발하게 되었다. 이 사건은 내막이 너무 엄청나서 여기서 언급하는 것은 적절치 않다. 다만, 그때 전국의 대학에 휴교령이 내려졌던 것은 사실이다. 주야장천(晝夜長川), 몇 달가량 학교에 가지 않으니 여름엔 허구한 날 족대 들고 냇가에 가서 살았다. 그야말로 자동 먹고 대학생이 된 것이다. 그때 자율학습으로라도 공부를 하며 실력을 쌓았어야 하는 건데 미래에 대한 생각은 아예 없었다. 대학생인지 건달인지 알 수 없었다. 그러니 누구를 탓하겠는가. 그 좋은 시간을 제대로 활용하지 못하고 허비한 나의 잘못뿐인 것을…. 그것이 나중에 좋은 직장을 잡는 데 있어 영향을 미친다는 것조차도 생각이 미치지 못했으니 그때는 왜 그토록 어리석었을까.

우수에 찼던 20대 시절

무엇이 나를 우수에 차게 했을까!
나에게 있어 뭔가 못마땅하고 채워지지 않는
가슴과 시절이 있었다면 그것은 이십 대였다.

봄이 지나 유월이 오면 아카시아 향기 날리고 개구리 울면
감정이 한창 예민하고 감출 수 없는 감성을 어찌할 수 없어
밤중에라도 조붓한 길을 몇 번씩 걸어야
직성이 조금 풀리는 듯했다.

가을이 오면 더욱 감정을 주체할 수 없었다.
논두렁, 밭두렁 온갖 산야에 흐드러지게 핀 구절초,
보랏빛 들국화 꽃들이 나를 배회하고 유랑하게 만들었다.

흰 눈 내리는 겨울이 오면
내 살던 산골짜기는 온통 하얀 세상
달빛 밝은 밤이면 야외는 관객 없는 나만의 공연장
'제비'는 나의 18번 타이틀 노래였다.
그 노래는 나를 더욱 우수에 차게 했다.

행복했던 교회 생활

60년 평생 나의 인생에서 빼놓을 수 없는 것이 교회 생활이다.

1980년대부터 약 25년간의 교회 중고등부 교사를 하면서 아이들과 교회라는 테두리 안에서 지낸 것이 그때는 몰랐는데 세월이 흐르고 나니 아름다운 추억으로 그리움으로 지워지지 않을 기억으로 가슴에 깊이 남아있는 것이다.

주로 토요일 오후에 학생예배를 드리고 교회에서 많은 찬양을 하며 지칠 줄 모르고 지냈다. 이 모두가 하나님의 은혜와 은총이었다. 그러면서 우리들의 관계는 더욱 친밀했고 모두가 주안에서의 형제, 자매였다.

나의 친조카들을 비롯하여 그네들 친구와 선후배 또래들로 마을에 중고등 학생들이 그때만 해도 꽤 많았다. 그때는 지역 교회들이 연합하여 문학의 밤도 가졌고 성경퀴즈대회도 개최하는 등 중고등학생부의 활동이 왕성했던 시절이다. 한번은 지역교회 연합 성경퀴즈대회에서 내가 지도하는 우리 교회 학생부가 우승을 하여 기쁨과 보람을 느낀 적도 있었다.

여름이면 냇가에 가서 물고기도 잡고 낙엽이 아름다운 가을날의 산행은 낭만 그 자체였고 흰 눈 내리는 겨울날의 산행이 우리들의 마음을 들뜨게 만들곤 했다.

가장 많이 즐기고 추억에 남아있는 것은 아마도 추운 겨울 연못 위에서의 얼음 축구일 것이다. 축구 하기에 알맞은 규모의 연못은 우리들의 아지트였다.

우리는 시간이 될 때마다 겨울 연못을 찾아 편을 갈라 축구를 즐겼는데 얼음 위에서의 축구는 스릴 만점인 것이다. 미끄러운 얼음 때문에 공과 가까이 있다고 해서 공을 찰 수 있는 것이 아니다. 관성의 법칙과 반작용의 법칙이 함께 어우러지고 스릴 넘치는 얼음축구는 그때가 마지막으로 영원한 추억이 되어버렸다.

무엇보다도 교회 활동의 진수는 성탄절 때의 행사인 것이다. 학생들이 많아 성탄 극을 하기에 딱 좋았다. 일반서점에 나와 있는 연극 대본들이 딱히 마음에 들지 않아 대본을 새로 써서 적당히 배역을 선정해서 연습에 들어가면 모두가 잘 소화해 내는 것이 기특했다. 아이들도 예뻤다. 성탄전야 행사의

하이라이트인 연극을 멋지게 장식하면 그처럼 기쁘고 보람된
일도 없었다.

그랬던 아이들이 이젠 다 장성하여 결혼도 하고 사회에서
다들 성인이 되었다. 나뿐 아니라 모두가 그때 그 시절을 기
억하며 그리워하리라.

할 수 없이 가게 된 길, 공무원

 지금은 공무원! 7급은 말할 것도 없고 그것도 최하급 9급 공무원이 "하늘의 별 따기"라니 1세대(30년) 전과 비교하면 격세지감을 느끼며 세상 참 알 수 없는 것이라고 생각된다.

 먹고 대학생 시절을 보내고 병역도 마치고 건강상 1년 휴학도 했다. 강원도 모 상업학교에서 잠시 영어도 가르쳐 보고 어찌어찌 허송하게 세월을 보냈다. '85년도 졸업을 하니 공부를 안 했다. 영어는 그래도 조금 한다고 교만한 마음에 어떻게 되겠지 하는 자세 불량으로 취업 준비가 안 되어 있었다. 번듯한 직장을 잡기가 쉽지 않았다.

그러던 차에 1987년 봄 어느 날, 춘성군청(1995년 춘천시에 흡수되었음) 앞을 지나치는데 게시판에 '지방행정직 9급 4명 채용공고'를 보고 시험을 쳤다. 그만 덜컥 되고 말았다. 그때까지 공무원의 '공'자(字)도 생각해 본 적이 없었다.

왜냐하면, 우리나라 경제가 성장기에 있었으므로 공무원은 행정고시나 사법고시라면 몰라도 하급직 공무원은 인기가 없었기 때문이다. 아무래도 보수를 많이 주는 대기업 등 회사를 선호하는 건 당연한 것이었다.

'87년 7월 1일 자로(이때 나이 스물아홉) 첫 발령을 받은 곳은 강촌에 있는 남면사무소(현재 남산면사무소)였다. 지금처럼 자가용 시대가 아닌 대중교통 시대였다. 버스를 타고 물어물어 오후에 사무실을 찾아갔다. 2층에서 면장님이 참모회의를 하시는 중이었다. '발령받아 온 누굽니다' 하니까 내 앞으로 걸어오시면서 손을 내밀며 하시는 첫 말씀이 "아마 자네는 발전할 거야!" 하시는 것이다. "난 속으로 엥? 이게 무슨 소리야?", "당신이 나에 대해서 뭘 아신다고. 언제 본적도 없는데…." 나중에 곰곰이 생각해 보니 영어시험에서 한 문제가 걸렸고 결국 틀렸다. 그게 소문이 난 것 같았다.

그다음 날부터 근무했다. 기안지를 수기(手記)로 면장님까지 결재를 득하는 고려적 시대였다. 결재를 들어갈 때마다 면장님은 나에게 소양 고사를 보라고 말씀하셨다. 손 모 군수를 예를 들어가면서 소양 고사를 봐서 청와대까지 갔다든가 하시면서 나에게 희망과 용기를 불어넣으셨는데, 아 그런가 보다

하고 대수롭지 않게 여겼다. 그렇게 흘려버렸던 것 같다. 속으로 "소양강은 들어봤는데 소양 고사는 뭐야?" 했으니!

무엇보다 처음부터 공무원을 생각하고 들어온 게 아니기 때문이었을 것이다. 그리고 무식하다고 생각할까 봐 소양고사가 뭐냐고 물어보지도 못했다.

그런데 면사무소 일이라는 게 허구한 날 도로변에 풀 깎기, 꽃길 조성하기, 주민들 마른 논에 물 대주기, 세금납부독촉 및 직접 수납출장 등 노동에 준하는 잡부 같은 것이다. 그래서 정말 이건 아닌데 내가 왜 여기 와 있지? 하면서 마음의 사표를 써서 이걸 언제 제출할까 하면서 하루하루 생활하게 된다.

어디 그것뿐이랴. 공무원은 정치적인 자기 생각이나 견해를 표출하면 안 된다는 것을 그땐 몰랐다. 그리고 전적으로 여당을 지지하는 발언을 해야 제대로 된 공무원으로 인정받는 시대였다. 그런데 난 그것도 모르고 자칭 보통사람(사실은 엄청난 거물)을 지지하지 않고 야당의 거물급 와이셔츠(?)를 학─실히 지지하는 발언을 아무렇지도 않게 해댔으니 불순분자! 일명 간첩으로 낙인찍히고 인력본부(군청)에 일거수일투족이 보고된다는 사실도 모른 채 천방지축으로 공무원 생활을 한 것이다. 그 당시에는 몰랐는데 내가 어떤 성향을 가진 인간인지 알아보기 위해 던진 유인책에 걸려든 것이다.

발령 인사철이 되어 뜻하지 않게 춘성군에서 두 번째 오지 면으로 발령이 난 것이다. 승진도 아니고 수평 인사로 그리 낸 것이다. 좀 이상하긴 했는데 내가 왜 그리 가야 하는지도 몰랐으니 어지간한 바보였던 것 같다. 지금 친목회원 중 한 사람이 그곳에 근무하고 있었다. 행정 전화로 통화를 하는데 축하한다고 할 수도 없고 뭐라고 해야 하나 하면서 말끝을 흐릴 때야 정신이 번쩍 들었다. '아! 내가 유배를 가는구나.' 하고 깨닫게 되었다.

교통이 좀 더 불편한 그 오지 면에 가서는 입을 꾹 다물고 일만 했다. 사무실 내 업무는 기본이고, 밖에서 하는 낫으로 풀 깎기나 손 모내기 등 닥치는 대로 일을 열심히 했다. 농부의 아들이라 그 어떤 것이든 농촌의 일은 자신 있었다. 근데 말을 안 하니까 정말 간첩으로 오인받은 것이다. 어떤 날은 출근해서 아침부터 일에 몰입하고 있었다. 비상대책위실에서 직원들이 우르르 몰려나오는 것이다. 그날 카톨릭 농민단체에서 정부 정책에 대한 시위가 있어 대책회의를 했는데 나만 빼놓은 것이다. 간첩이라고 생각해서 그런 것 같았다. 그야말로 왕따를 당해 보기는 그때가 처음이자 마지막이었다. 사실 기분이 좀 그렇긴 했지만 그렇다고 내가 조치할 수 있는 것은 아무것도 없었다. 그냥 하루하루를 젊은 직원들과 나름 재미나게 보냈다. 내가 하는 조크에 사람들이 웃곤 했으니까!

그러던 어느 날 드디어 나에게 기회가 왔다. 총무계장이 나를 부른다. 소양 고사를 보라는 것이다. 보기로 돼있던 직원이 안 보겠다고 한 것이다.

난 한 치의 망설임도 없이 예스를 했다. 그 당시 1차 22개 시군에서 3등까지 도합 66명이 2차 시험을 쳐서 3등 내에 들면 도청에 가는 것이다.

그래서 일찌감치 도청으로 가게 되었다. 그랬더니 그동안 나를 대했던 사람들의 태도가 바뀌었다. 개중에는 아부성 발언을 하는 사람들도 있었다.

세상의 인심이라는 게 참 무섭다는 걸 느끼는 순간이었다. 그렇게 해서 도청에 갔다. 첫 발령부서가 지금의 강원도 개발공사의 전신인 강원도 공영개발사업단이었다. 그 후 몇 개월 안 되어 요직부서로 갔다. 가자마자부터 제일 일찍 퇴근하는 날이 11시 정도였고 자정을 넘기는 날도 많았다. 그러다 보니 바빠서 사직서를 낼 시간도 없이 정신없이 살았다.

30여 년간 공직생활을 하면서 많은 부서를 다니며 근무했다. 하지만 기억에 오래 남을 것 같은 부서는 두 군데 정도로 손꼽을 수 있다. 동계올림픽본부에서 2회에 걸쳐 드림프로그램 팀장으로 프로그램을 진행했다. 2018동계올림픽을 성공적으로 개최하기 위하여 눈이 없는 나라, 동남아, 아프리카 등의 청소년들을 초청하여 동계올림픽 겨울스포츠 종목으로 체험케 하는 일이었다. 이른바 글로벌 웍(Global work) 체험을 국내에서 할 수 있었다. 내겐 소중한 경험이었다고 할 수 있다.

그리고 또 하나는 전국시도지사협의회 총무부장으로 파견 근무한 경험이다. 사무처는 서울 종각에 있는 삼일빌딩 건물이었다. 1년여 비록 짧은 기간이었으나 내겐 색다른 경험이었다. 생의 마지막 순간까지 잊지 못할 기억으로 남을 것이다. 그때 맺은 인연들이 지금까지도 이어져 오고 있다. 아마도 계속해서 유지될 것이다. 사람은 마음이 통할 때만이 지속적으로 관계가 유지되는 것 같다. 중요한 것은 처음과 끝이 한결같아야 한다는 것이다.

직장생활이 끝나면 대부분의 경우, 현직일 때의 관계성도 끝나고 다만 개인적 인간관계만 남게 되는 것이다. 그래서 "있을 때 잘해!"라는 말이 유행가가 되었다. 사실 진리라고 생각된다. 사람은 있을 때 베풀고 사람들에게 따뜻하게 대해야 한다. 그 어느 높고 좋은 자리도 그 자리를 산 사람은 없으며 잠깐 스쳐 지나가는 자리일 뿐인 것이다. 그러니 있을 때 악연을 만들고 적을 만들 필요는 더더욱 없는 것이다. 그 화가 부메랑이 되어 되돌아올 것이니까.

비록 공무원으로 남들이 말하는 크게 출세하지 못하고 유교에서 중요하게 여기는 그놈의 학생 신분은 면하고 정년퇴직했다. 내 주변에 나를 좋아하는 사람들이 제법 있다는 것은 내가 잘못 살지는 않은 것 같다.

그리고 내가 원해서 공무원의 길을 간 것은 아니었다. 그래도 노후가 크게 걱정되지 않고 마음이 불안하지 않으니 다행인 셈이다. 그렇지 않고 다른 길로 갔더라면 지금쯤 어떻게 되었을까? 생각해 보면 그리 낙관적이지 않다. 이제부터는 그동안 못했던 취미생활과 내가 하고 싶은 일을 하며 성취감을 맛보며 내적 풍요로운 삶을 구가하리라. 또한 어떠한 형태가 되었든 봉사활동도 병행하여야 하리라. 사람이 태어나서 자기만을 위하다가 간다면 아무래도 그것은 뭔가 2% 부족한 삶이 아닐까. 그래서 많은 사람들이 봉사활동을 하는 것은 아닐까.

이제부터 나의 제2막 인생!
멋지게 영위하고 장식할 것을 다짐해 본다.

나의 공로연수 기간

어떻게 하면 금싸라기 같은 시간을 낭비하지 않고 지내고 알차고 보람 있게 보낼까 생각했다. 하고 싶은 것을 다하겠다는 결연한 각오로 1년을 보냈다.

아침이든 새벽이든 눈을 뜨면 제일 먼저 하는 것은 성경 읽기로부터 시작해서 아침 7시 수영강습, 화, 수, 목, 금, 월요일 성악반과 KBS 클래식 기타반, 화요일 합창단, 틈틈이 골프연습도 한다. 하루가 정말 빡빡하게 돌아간다. 백수가 과로사한다는 말이 일리가 있는 것 같다.

연말이면 성악발표를 해야 한다고 해서 성악 흉내도 내보니 그것도 상당한 매력이 있는 것 같다. 비록 유명한 프로성악가들과는 거리감이 있겠으나 어느 조촐한 모임 등에서 한 곡조 불러대니 아마추어로서는 보아 줄만 한지 사람들이 박수를 치며 앵콜을 외친다.

골프입문 5개월이 지나니까 머리를 올려야 한다고 주변에서 난리가 아니다. 옛날에 필딖기(필드하키)를 한 덕분인가. 작대기로 공치는 데는 어느 정도 이력이나 있는 경력이라 오해를 받았다. 필드에 처음 나가면 공도 많이 잃어버리고 잘 맞지도 않고 엉망진창이라는데 나는 공도 몇 개 잃어버리지도 않았고 치는 것마다 공이 잘 나가니까 그러는 것이다.

"아니 골프를 몇 년 치다가 머리 올리겠다고 하면 안 되죠"
나 원 참! 증명할 방법도 없고 어쩌란 말인가.

그리고 어떻게 기회가 되어 춘천시민들을 상대로 춘천 KBS 열린 강좌에서 인문학 강의도 해 보았다. 하고 싶었던 것은 많이 해 본 셈이다.

그러다 보니 틈틈이 써 온 글들이 마무리가 안 되고 자꾸만 지연되는 것이다. 하모니카도 장기프로젝트에 포함되어 있는데 언제나 시작되려나. 암튼 시간을 최대한 활용해서 열심히 살아가는 것 이외에 그 무엇이 있겠는가.

아니다. 봉사활동도 그 형태가 무엇이 되었든 해야 한다고 생각하니 그래도 내 삶은 생동적인가 암튼 죽는 날까지 열심히 살자!

제3부

진솔한 삶의
이야기

▲ 나의 부모님

세 살 때 기억

내가 세 살 때 어지간히 가난했던 모양이다. 배가 너무 고파 생떼를 쓰니까 부모님께서 작은 형한테 좀 데리고 나가 놀라고 했다. 우리는 집 부근에 있는 연못으로 향하고 있는데 담보대 사는 승기(큰형 친구) 어머니가 큰 대래끼를 어깨에 메고 큰 개 두 마리와 함께 일하러 가는 길이었다. 우리와 맞닥뜨린 것이다. 어린 나이여서 그랬는지 개가 얼마나 커 보였으면 마치 사자 같았다. 너무 무서워서 길 가장자리로 피해 앉았는데 그다음부터는 기억이 없다. 도랑창으로 굴러떨어져 버린 것이다.

그때 나는 내 나이가 세 살이라는 걸 의식할 리는 없다. 나중에 엄마한테 그 사건을 애기하니까 그때 세 살이었다고 하였다. 물론 내가 그렇다고 어릴 때의 모든 일을 기억하는 것은 아니다. 아마도 나에겐 너무 큰 사건이었으니까. 특별히 각인되었을 것이다. 그때 이마가 돌에 부딪히고 깨져서 피가 났기 망정이지 그렇지 않았더라면 뇌진탕으로 돌아가셨을 것이다. 그때 상처로 난 아직까지도 이마에 옛날 하사 계급장(거꾸로 된 깔때기)을 달고 있다.

엄마 애기에 의하면 승기 엄마가 이마에 피가 줄줄 흐르는 애를 안고 왔다는 것이다. 치약을 발라 치료했고 별다른 약이 없었다고….

지혈이 되고 조금 안정이 되니까 내가 신상 발언을 했다고 한다.

"개가 그랬어! 개가 그랬어!"

사실, 개는 아무런 잘못이 없다. 개는 그저 주인이 가자고 하니까 따라왔을 뿐이다. 그리고 나한테 불이익을 주려는 마음은 전혀 없었을 것이다.

내가 문제였다. 더 정확히 말하면 내 마음이 문제였던 것이다. 일체유심조(一切唯心造)라 하지 않았던가!

에궁! 세 살짜리가 알면 뭘 얼마나 알겠노!

나를 당황하게 한 아버지

아버지는 1924년 갑자생으로 우리나라 나이로 97세이시다.

여섯 살 때 어머니(나의 할머니)를 여의시고 10대에 아버지(나의 할아버지)마저 돌아가시고 나의 큰 어머니인 형수 밑에서 갖은 수모와 고생을 하면서 자라나셨다고 한다. 조카 새끼들을 업어 키운 것은 아무것도 아니다. 형수 요강을 닦질 않나. 겨울이면 깜깜한 새벽 다섯 시에 개울가 얼음을 깨서 물을 길어다 소여물을 끓였다. 매일 같이 땔나무를 하며, 화전 밭에 나가 해가 어둡도록 일했다. 저녁 먹고 밤늦게까지 어린 혼자 몸으로 산 밭에 가서 산짐승들이 곡식을 해하지 못하도록 지키느라 학교도 못 다니셨다고 했다.

세월이 흘러 6.25 한국전쟁 때 인민군한테 붙들려 몇 번의 죽을 고비를 넘겼다. 일본에 강제노역에 끌려가 몇 번의 죽을 고비가 있었다고 한다. 그러고 보면 "인명(人命)은 재천(在天)"이라는 말이 틀린 말은 아닌 것 같다. 그 시대에 고생 안 한 사람이 어디 있겠냐마는 아버지가 말씀하시는 것을 받아 적은 회고록을 보면 차마 이 지면에 다 쓸 수 없을 만큼 비참하고 슬픈 사연이 수없이 많다.

나의 아버지는 교회를 통해서 한글을 읽으실 정도다. 하지만 정신만큼은 적어도 그 당시 소학교(초등학교)정도라도 다니셨다면 철학자가 되지 않았을까 생각해 본다. 아버지 말씀하시는 걸 보면 어떻게 저런 생각, 저런 말씀을 하실 수 있을까 깜짝깜짝 놀랄 때가 한두 번이 아니다.

사람 사는 원리라고 할까 즉, 인생관이나 우주관을 학문적으로 말씀은 못하시지만 자연의 순리나 이치를 들어 말씀하실 때 정말 놀라게 하신다. 아버지 말씀엔 위선이나 가식 같은 것은 전혀 없는 것이다.

몇 년 전 90세를 넘으신 아버지께서 어느 날 느닷없이 나한테 말씀하신다.

"야 해섭아"

"예 아버지!"

"시간이 어디서 와서 어디로 가는 것이냐?"

나는 순간 당황해서

"예?..."

나는 잠시 말을 할 수가 없었다. 생각하지 않고 할 수 있는 물음이 아니었기 때문이다. 나는 생각을 가다듬고 말씀드렸다.

"아버지! 시간이 어디서 와서 어디로 가는 것이 아니구요, 사람이 왔다 가는 겁니다. 사람이 시간을 정하고 달력을 만들어서 한 시간이 가고, 한 달이 가고, 1년이 가고, 나이를 세면서 사람이 왔다 가는 거지요."

제대로 된 대답인지는 모르겠으나 그렇게 둘러댔다. 아버지는 궁금증이 좀 풀리신 것 같았다.

그러자, 아버지 왈!

"네 형한테 물었더니"

"그건요 아버지! 아무도 몰라요 아는 사람이 없어요, 귀신도 모르는 거예요."

그래서 아버지는 속으로

"배운 너나 배우지 못한 나나 다를 게 없구나!"

그러셨다는 것이다. 참고로 나의 형은 초등학교 선생님이시다.(형한테 미안한 마음 금할 길 없다.)

아무튼, 나는 아버지한테 답변을 했다는 데에 위안을 삼았다. 아들 역할을 했다는 생각에 당황했던 마음이 좀 편안해졌다. 또다시 속으로 "우리 아버지는 철학자시다!"라고 생각했다.

외할아버지 이야기

유년 시절, 명월리 사는 나보다 두 살 위인 이종사촌 형이 겨울 방학이면 어김없이 외갓집에 놀러 온다. 장기투숙하다 개학 때가 되면 돌아가곤 했다. 그러면 우리(나와 외사촌, 이종사촌 형)는 논에서 야구도 하고 축구도 했다. 하루종일 신나게 놀았다. 야구는 루를 3개(1루, 3루, 홈)로 만들어 놓고 공을 들고 치는 것이다. 논 하나를 넘어가면 홈런이다. 그때는 멀어 보였는데 커서 보니 30여m밖에 되지 않는 거리였다.

하루는 밖에서 신나게 노는데 외할아버지께서 호출하신다. 우리 세 놈 다 들어오라는 것이다. 우리는 사랑방 외할아버지 앞에서 무릎을 꿇고 일장 훈시를 듣는 것이다. 지금 단 한 말씀도 기억나는 게 없지만 아마 예절(공자 왈, 맹자 왈)같은 교양과목(인문학?)이었을 것이다.

훈장 선생님 말씀이 귀에 들어올 리가 없다. 언제 끝나나 끝날 때만 기다리니 좀이 쑤시고 무릎이 아프다. 아주 곤욕을 치렀다. 죽는 줄 알았다!

이종형이 하는 말

"나 이제 외갓집에 놀러 안 온다."

하긴 놀러 온 것이지 교육받으러 온 건 아니니까….

나의 유년 시절은 서리문화였다. 참외 수박은 서리 아니면 먹어보기 힘든 과일이었으니까. 한번은 내가 주동이 되어 참외밭을 1열 횡대로 전열을 갖추고 "훑어!" 수색작전을 펴니 참외밭이 초토화가 되었다. 나중에 알게 된 얘기지만 열 받은 주인 대표이사께서 그다음날 몽둥이를 들고 밤새 보초를 섰다. 우리도 나름 전략이 있다. 그런 데는 잘 걸려들지 않는다.

웬걸! 문제는 엉뚱한 데서 터졌다. 열 받은 할아버지(대표이사의 아버지)께서 마을 순찰을 도는 것이 아닌가. 한 녀석이 서리한 수박을 먹다가 남은 것을 찬장 위에 올려놓았는데 이게 들통이 난 것이다. 우리는 이제 전부 망했다.

영장이 발부되어 우리는 모두 외갓집 사랑방 뒤뜰에 죄인이 되어 국문이 개최되었다. 툇마루에 골이 잔뜩 난 수박밭 할아버지와 그 옆에 사또 되시는 외할아버지, 두 분 다 무섭기로 하면 준우승이 싫으신 분들이다. 우리는 사시나무 떨듯 공포의 순간을 맞고 있었다. 외할아버지의 국문이 시작된다.

"유연이(가명) 너 나와"

외사촌이 앞으로 나선다.

"종아리 걷어!"

하얀 채 가지로 힘껏 열대를 내리치는 것이다. 종아리에서 피가 나며 시뻘겋게 부풀어 오른 종아리가 말이 아니다.

"아! 다음은 내 차례구나!"

하면서 숨을 고르는데. 이게 웬일인가!

여기서 끝낸 것이다.

난 속으로 다행이다 싶었는데 외사촌한테 너무 미안한 것이

다. 다른 녀석들은 남의 자식이니까 때리지 못한 것은 이해가
되는데 왜 외손주를 때리지 않으셨을까? 지금도 외할아버지의
마음이 어떤 것이었는지 알 수가 없다. 내가 외할아버지가 안
돼 봐서 그런가? 근데 난 죽었다가 깨도 외할아버지가 되긴
글렀다.

옛날엔 아이들이 부모님 별명을 불러대며 짓궂게 놀았다.
좀 가난하고 못살면 더욱 그러했다. 인간이란 참 심성이 못
된 족속 같다. 한번은 별명이 소문난 어르신 아들한테 그러고
놀다가 실랑이가 붙었는데 외할아버지한테 걸린 것이다. 이
녀석이 우리 외할아버지께 성토를 한 것이다.
"그럼 우리 아버지 별명을 부르는 데 가만히 있어요?"
아! 우리는 이제 혼나겠구나 싶었는데 외할아버지께서 지팡
이로 이 녀석을 쿡쿡 찌르며
"이 눔아 너는 대통령 욕 안 하고 사나?"
우리 외할아버지가 무섭기만 한 분은 아니었구나!
어린 마음에 얼마나 기분이 좋고 든든하던지….

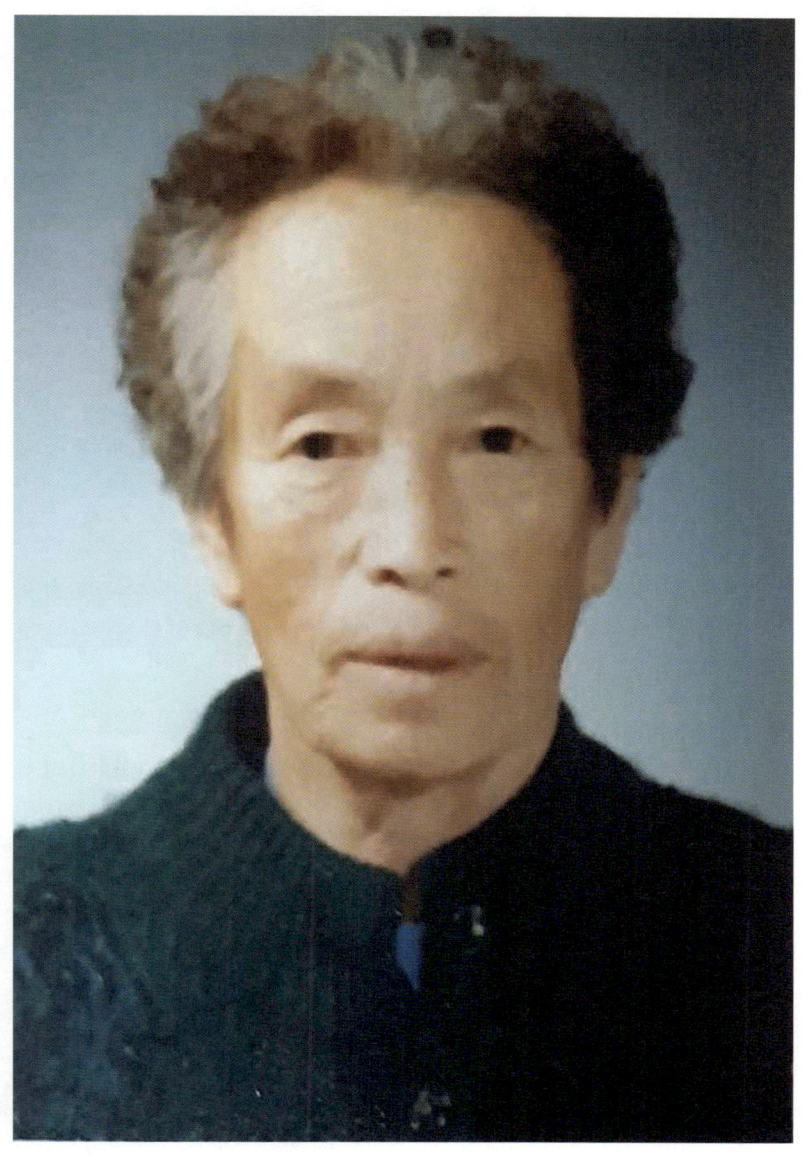

엄마 이야기

엄마를 떠올리면 눈물부터 난다.

우리는 현재 5남매(4남, 1여)이고 난 삼남이지만 제적부를 보면 다섯 번째다.

조선 시대 3대 임금 태종 이방원하고 동급이다. 근데 여기서 그 얘기가 중요한 게 아니다. 엄마는 1925년생으로 아버지를 만나 전쟁을 겪고 가난의 세월을 극복하기 위해 한평생 고생만 하시다 89세에 하늘나라로 가셨다.

전쟁이 끝나고 아버지가 30세에 군에 입대하여 7년간 복무를 마치고 나오셨다. 선천적으로 유약한 여자의 몸으로 가진 것이라고는 아무것도 없는 형편이다. 아이들이 한둘도 아니고 어떻게 연명했는지 상상이 안 간다.

나의 유년 시절, 아니 그 이전부터 엄마는 매일 장에 가셨을 것이다. 아버지는 장에 갔다 팔 물건을 생산하기 위해 이른 새벽부터 해가는 줄 모르고 깜깜한 밤까지, 일하신 것이다. 돈이 되는 것은 안 한 것이 없을 정도로 아버지는 기획실장이 되고 엄마는 영업부장이 되었다. 우리 자식들도 모두가 직원으로 동원되어 "고난의 행군"을 한 것이다.

화전 밭에 열무나 도라지를 심어 파는 것은 기본이다. 고구마 줄거리 뜯어다 팔고 감자 까서 팔았다. 콩을 사다 맷돌에 갈아서 메주를 쑤어 팔았고 메밀을 사다 갈아서 메밀묵을 팔았다. 그러자면 우리 형제들이 동원되지 않고는 원만히 돌아가지 않는 상황이었을 것이다.

그러니 1년 내내 엄마가 장에 가지 않는 날이 별로 없었던 것이다. 남자들도 힘든 그 큰 리어카를 끌고 말이다. "여자는 약해도 어머니는 강하다!"고 했던가! 초등학교 고학년 여름방학 때면 나는 엄마랑 장에 가서 열무 리어카를 끌고 다녔다. 서부시장에서 꿀맛 같은 찐빵 얻어먹는 기대감으로….

그러던 어느 해, 방과 후 집에 오는 길에 배가 뒤집혀 사람이 죽었다는 소문이 내 귀에까지 들려왔다. 나는 울면서 십 리나 되는 길을 단숨에 뛰어 집에 다다랐다. 그때 엄마는 장독대에서 나를 보며 씨~익 웃으시는 것이다.
아아! 살았다! 그때의 엄마 모습은 내 뇌리에 마치 사진처럼 박혀 평생 지워지지 않을 기억이 되었다. 그날 엄마는 장에 안 가셨다.
고등학생 때 어느 날, 저녁때쯤인가 시내서 엄마 모습을 뒤에서 우연히 보게 되었다. 나는 나도 모르게 순간 다른 데로 가버렸다.
엄마 모습이 너무 남루하고 초라해 보였다. 그 후에 나는 나의 잘못된 행동으로 인하여 아주 오래도록 나 자신 스스로 괴로운 마음을 겪어야 했다. 죄책감 같은 것이다.
"엄마는 자식들 공부시키느라 먹을 것 못 먹고 입을 옷 못 사 입고 저렇게 남루하게 고생하시는데 자식이란 놈은 그게 창피하다고 외면해 버렸으니 어찌 용서받을 수 있단 말인가!"

엄마가 89세 되던 해 화장실에서 넘어지셔서 다리 대퇴부가 부러졌다. 수술은 하셨지만 결국 일어나지 못하시고 3개월만에 돌아가셨다.

강남병원에 입원해 계셨다. 매일 가지는 못하고 가끔 들렀는데 하루는 엄마가 그러시는 거다. "매일 좀 왔으면 좋겠다."는 것이다. 그때 나는 "아! 내가 잘 못 했구나! 이런!" 양심의 가책이 내 자신을 민망하게 했다. 엄마가 얼마나 외로우셨으면 그랬을까! 그다음부터 매일 가다시피 해서 엄마 등을 쓰다듬곤 했다. 만약 그렇게 하지 않았더라면 나는 후회하며 많이 괴로워했을 것이다.

그때 엄마는 나에게 첫 인사가 "밥 먹었니? 빨리 가서 밥 먹어!" "엄마는 무슨? 이 마당에 밥이 문제야?" 아! 엄마들은 그런 것인가! 숨이 얼마 남지 않은 상황에서도 자식 걱정, 자식 사랑이란 말인가!

그런데 자식들은….

조사 弔辭

  오늘 저희 자녀들은 5남매의 어머니 되시고, 열한 손주의 할머니 되시는 고(故) 조남순 권사님을 하나님 품으로 보내드립니다.

  저희 어머니께서는 일제강점기에 태어나셔서 결혼하시기 전까지는 그나마 유복했다고 생각됩니다. 그러나 결혼 후에는 평생 힘들고 고난의 삶을 사셨다고 봅니다. 아무것도 없는 살림을 일으키려 매일 매일 아버지와 밤잠을 아껴가며 일하시고 시장에 내다 팔 물건을 만들어 장에 안 가신 날이 거의 없었습니다.

  그 결과로 저희 자식들은 학교도 다닐 수 있었고 마음 놓고 공부도 할 수 있었습니다. 그뿐만이 아니라 한동안 꾸준히 농사지을 땅도 마련하였습니다. 그러니 저희 부모님께서 얼마나 먹을 것 못 먹고 입을 것 안 입으시고 아끼며 절약하셨겠습니까. 지금도 그 생각을 하면 마음이 아프고 또 아픕니다. 하지만 저희 아버지 마음만 하겠습니까.

  요즘 저희 아버지께서 남의 집 귀한 딸을 데려다가 평생 고생만 시켰다고 가슴을 치며 후회하고 마음이 너무 아파 괴로워하고 계십니다. 누가 좀 저희 아버지를 위로해 주시면 고맙겠습니다. 매일 밤을 눈물로 지새우고 계십니다.

  매일 매일 힘들게 장에 가서 고생하는데 맛있는 것, 한번 사 먹어보라는 얘기를 못한 것, 입고 싶은 옷 한 벌 사 입어

보란 말 한마디 안 하고 힘들 땐 좀 쉬라고 따뜻한 말 한마디 없었던 것들, 많은 것들이 아버지 가슴에 물밀듯 밀려오는 것 같습니다.

부모님 덕분에 저희들은 호강하며 살고 있는데 부모님 고생을 만분의 일도 갚지 못하니 이 노릇을 어찌해야 합니까.

어머니! 아버지 저희들이 잘 모시고 살게요.

어머니 걱정하지 마시고 저세상에서 편안히 쉬세요.

정말 정말 고생 많으셨어요. 감사한 마음 어떻게 말로 다 할 수가 있겠습니까.

1960년대 서면에서 배가 뒤집혀 많은 사람들이 죽는 큰 사건이 있었습니다.

아마도 제가 초등학교 4~5학년 때 일인 걸로 기억합니다. 학교 갔다 오다가 길거리에서 그 소식을 듣고 저는 집에까지 울면서 달려갔습니다. 저희 어머니는 매일 장에 가셨기 때문에 어머니께서 혹시 변을 당하신 것 아닌가 생각했기 때문입니다.

집에 왔는데 어머니께서 장독대에서 저를 보시고는 씨익 웃으셨습니다. 그때 그 모습은 제 머릿속에 사진처럼 박혀버렸습니다.

지금 그 어떤 것도 그때만큼 행복한 게 별로 없는 것 같습니다.

장하신 우리 어머니! 사랑합니다.

이다음에 우리 모두 천국에서 같이 살아요. 영원히….

- 2013. 4. 27(토), 08:30(발인예배) -

고모님을 떠나보내며

나의 사랑하는 고모님이 돌아가셨다. 향년 94세. 1918년생이시다. 나라를 빼앗긴 일제 식민지의 암울한 시대에 태어나서서 이루 말할 수 없는 한 많은 사연을 가슴에 묻어둔 채 후손들에게 그리고 친인척들에게 인정만을 베풀다 가셨다.

내가 어려서 고모를 알게 된 후 난 고모부를 뵌 적이 없다. 들은 얘기에 의하면 6.25전쟁 때 돌아가셨다고 한다. 그것도 미군한테 맞아서 코피를 밤새 흘리고 말이다. 사연인즉 미군이 갑자기 집에 쳐들어와 고모를 내놓으라는 것이었다.

가까스로 고모는 달아난 후였다. 아마도 그때가 30대 초반이니 어지간히 미인이셨던 모양이다. 내가 보기에도 연세가 많이 드신 고모는 한국의 전형적인 미인상이었으니까.

인생은 공수래공수거라고 했던가. 고모는 한 줌의 재가 되어 흙으로 돌아가셨다. 육체의 근원이 흙이므로 흙으로 돌아간 것이다. 하지만 영혼은 하늘나라(천국)에 가셨다고 믿는다. 지금쯤 하나님 품 안에서 "한 많은 세상에 태어나 마음고생 육신 고생 많았다."고 위안받고 계실 것이다. "이제는 모든 슬픔 모든 괴롬 다 내려놓고 편히 쉬라"고 하실 것이다.

고모가 장수하신 비결은 채식에 있다고 생각된다. 식사 때 단 한 번도 고기를 드시는 것을 본 적이 없다. 고종 누나에

의하면 병원에 입원한 적이 없다니 정말 놀라운 일이다.

고모는 젊어서 혼자되셨고 딸만 둘이다. 듣기에 아들이 하나 있었다고 한다. 어느 해 겨울 마을 연못에서 젊은 나이에 사고로 갔다고 들었다. 정말 안타까운 사연이고 가슴 아픈 일이다. 너무 궁금했지만, 고모 마음을 두 번 아프게 하고 싶지 않아 끝내 함구하고 말았다. 혼자 몸으로 자식들을 키우느라 정말 고생 많으셨을 것이다. 그래도 묵묵히 그 험난한 인고의 세월 잘도 살아오셨다.

고모를 보내는 자식들의 마음은 어떠한 것일까. 100세를 살다 가신들 왜 아니 서운하지 않겠는가. 나도 이렇게 서운하고 슬픈데….

상주에게 조문하는 날, 아버지 어머니가 나보다 조금 먼저 와 계셨다. 아버지 눈가에 이슬이 맺혀있고 뻘겋게 충혈되어 있었다. 엄마는 워낙 감정적이라 눈물이 흥건하다. 난 아버지 손목을 잡고 "아버지 많이 서운하시죠?"라고 말하려고 했으나 입안에서만 맴돌 뿐 차마 입 밖으로 나오지 않았다. 쑥스러워서일까 아무튼 착잡한 순간이었다. 아버지의 슬픔을 알 것 같았다.

아버지 형제는 다 돌아가시고 이제 혼자 남으셨다. 아마도 많이 외로우실 것이다.

우리는 명절 때면 신매리 고모집에 가는 것이 유일한 낙이었다. 지금에 와서 보니 그때가 정말 즐겁고 행복한 시절이었다. 아버지 어머니 우리 형제들 손주들 모두 합치면 열댓 명도 더 된다. 그러면 고모는 있는 것 없는 것 다 내오신다. 고모도 우리가 오기를 기다리고 계셨던 모양이다.

고모와 아버지는 남매의 정이 남달리 너무 돈독하셨다. 서로가 극진히 아끼고 사랑하셨다. 아버지는 고모가 불쌍하다고 생각하셨다. 고모 또한 아버지가 불쌍하다고 생각하셨다고 한다. 하기야 아버지는 여섯 살 때 어머니(나의 할머니)를 여의고 엄한 형수(나의 큰 어머니)밑에서 험하게 크셨으니까. 아마도 고모가 아버지 삶에 산 증인이셨을 것이다. 아버지의 유년 시절은 차마 글로 표현하기조차 민망하고 차라리 몰랐더라면 좋았을 성싶다.

설 때면 고모님께 세배를 했다. 우리 형제들은 성의껏 고모님께 감사의 마음을 담아 용돈을 드린다. 그리고 조금 지나면 아버지가 또 고모한테 용돈을 드린다. 시간이 흐르면서 눈치챈 일이지만 아버지는 평상시 아끼고 모았던 용돈을 고모한테 드리는 것을 즐거움으로 삼으셨던 것이다. 고모님 또한 어디서 고기가 들어오면 아끼고 보관하셨다가 아버지를 주시곤 하셨다.

이제 더 이상 고모가 혼자 기거하실 수 없는 형편이 되어 양평 누나가 모시고 가셨다. 우리는 그때부터 신매리에 갈 일이 없어졌다.

명절 때면 생각이 간절하고 뭔가 서운하고 허전하고 예전보다 쓸쓸했다.

고모를 보고 싶은 그리운 마음은 변하지 않았음에도 명절 때마다 양평에 간다는 건 왠지 쉽지가 않았다.

사람은 그 사람이 떠나봐야 그 사람의 가치를 안다고 하였던가! 이 세상에 계실 땐 고모가 내 마음에 이렇게 큰 자리를 차지하고 있는 줄 몰랐다. 지금 고모는 가시고 안 계시지만 항상 내 마음에 살아 계신다.

난 고모만 보면 마음이 편안하고 즐겁고 행복했다. 그것은 고모가 그러한 마음이 들도록 대해주셨기 때문이었을 것이다.

지금 생각해 보면 나의 고모는 하늘에서 내려온 천사였다.

내 삶에 단 한 분밖에 없었던 사랑하는 나의 고모님!

천국에서 편히 쉬고 계세요. 이다음에 찾아뵐게요.

2011. 10. 24.

나의 아버지

저는 지금 저의 아버지를 이야기하려고 합니다. 물론, 제한된 시간이라 많은 이야기를 할 수는 없습니다. 제가 아버지를 이 시간 여러분에게 소개하는 이유는 제가 이 세상에서 가장 존경하는 사람이 바로 저의 아버지이기 때문입니다.

아마도 제가 고등학교 1학년 때였습니다. 새로 사귄 친구와 얘기하다가 우연히 이 세상에서 가장 존경하는 사람이 누구냐고 서로 물었던 기억이 납니다. 저는 그때 누구라고 했는지 지금 기억이 없습니다. 그러나 그 친구의 대답은 지금도 생생합니다. 친구는 이 세상에서 가장 존경하는 사람이 자기 아버지라고 했습니다.

그때 저는 좀 의아했습니다. 저는 속으로 이 친구가 장난하나 하는 생각만 했을 뿐, 이 이유는 묻지 않았습니다.

그러나 몇십 년의 세월이 흘러 이제야 저는 그 이유를 알 것 같습니다. 많은 사람들은 이 세상에서 가장 존경하는 사람을 말하라고 하면 세종대왕, 이순신, 아브라함 링컨 등 어쩌면 나와 좀 거리가 먼 사람을 말하곤 합니다.

물론, 그분들은 많은 사람들로부터 존경 받기에 충분할 만큼 큰일을 한 훌륭한 사람들임에는 틀림없는 것 같습니다.

그러나 저는 나의 아버지를 가장 존경합니다. 그리고 그분들은 그다음입니다. 저의 아버지가 없었더라면 제가 그분들을 알지도 못했을 테니까요.

저의 아버지는 1924년 겨울, 날씨도 추울 텐데 일제강점기에 시대적으로 불행하고 아주 힘든 환경 속에서 태어나셨습니다. 여섯 살 때 어머니를 여의고, 형수 밑에서 모진 수모와 인간 이하의 대접을 받으며 살아오셨습니다.

학교를 다닌다는 것은 엄두도 못 냈습니다. 어려서부터 일만 죽도록 하고 일전 한 푼 받지도 못하고 분가를 하였으니 흥부 놀부전이 따로 없는 것 같습니다.

스물한 살에 일제에 의해 일본에 강제노역으로 끌려가고, 전쟁의 고비를 넘기고 30세에 군대 가서 7년 세월을 보내고…. 37세에 제대했으니 인생 살림 출발이 너무 늦었던 것입니다.

저의 아버지는 아무것도 없는 무일푼으로 저의 어머니를 만나 맨주먹으로 평생을 일만 하며 저희 5남매를 키우셨습니다. 농사지을 땅까지 어느 정도 마련하셨으니 평생 얼마나 절약하고 근면하셨으면 그렇게 하셨을까요. 먹을 것 마음대로 못 먹고, 입을 것 못 입고, 힘들게 사신 부모님을 깊이 생각하면 마음이 너무 아파옵니다.

이 세상사랑 중에 엄마의 사랑이 가장 큰 사랑인데 그런 사랑 한번 받아 보지 못했습니다. 그나마 저의 어머니를 만나 서로 의지하며 살아오셨습니다. 그러다가 지난 4월 어머니께서 먼저 아버지 곁을 떠났습니다.

그런데 많은 자식들이 있어도 집에서 모시지 못하고 이렇게 시설에 모시는 불효를 하고 있습니다. 그 알량한 직장생활과 여러 가지 이유로 말입니다. 불효자로서 아버지한테 죄송하다는 말씀밖에 뭐라고 드릴 말씀이 없습니다. 아버지 죄송하고 죄송합니다.

감히 제가 불효자로서 이곳 소망요양원에 함께 계시는 어머님, 아버님들, 그리고 정성을 다해 보살피시는 원장님을 비롯한 간호사님, 돌보미 모든 분께 부탁드립니다. 저의 아버지 마음을 따뜻하게 위로해 주세요.

물론, 여기에 계시는 어르신들이 저마다 기구한 삶과 기막힌 인생 사연들이 있으리라 생각됩니다. 그런데 저의 아버지 인생 같은 억울하고 상처 깊은 인생도 없는 것 같아서 말씀드렸습니다.

지금까지 경청해 주신 모든 분께 진심으로 감사드립니다.

- 2014년 12월 아버지 91주년 생신 기념 공연에 앞서 -

새집 이야기

나는 유년 시절을 야생 새들을 양육한 경험으로 새집의 모양과 특성을 어느 정도 알고 있다. 새들은 활동 공간 어딘가에 집을 짓고 사는 것이다. 우리나라 새 중에 가장 작다고 할 수 있는 뱁새는 산 밑 계곡 잡목 숲 나뭇가지에 조그마하게 집을 짓고 하늘색 알을 다섯, 여섯 개 정도 낳는데 새알이 앙증맞고 예쁘다.

느릅찌기는 야산 풀숲이나 묘둥지 상석 밑, 또는 가장자리 밑에 네다섯 마리 알을 낳는다. 할미새는 주로 개울가 석축 돌 밑에 집을 짓고, 여섯 일곱 마리 정도의 알을 낳는다. 박새는 나무의 작은 굴에 네다섯 마리 정도 알을 낳는다.

때까치 이상 중 대규모 새들은 주로 나무가 활동 공간이므로 나무 위에 집을 새들의 규격에 맞게 짓는다. 꾀꼬리는 특이하게도 나뭇가지 맨 끝에 대롱대롱 매달아 집을 짓는다. 비둘기는 집을 좀 엉성하게 짓고 꼭 암수 두 개의 알만 낳는다.

새매는 집을 탄탄히 짓고 세, 네 마리 정도의 알을 낳는다. 위험요인이 나타나면 스텔스 공격이 가공할 만하다. 내 생각에 한미연합군사 훈련 시 김정일이 지하에서 훈련이 끝날 때까지 나오지 않았을 정도로 가장 무서워한 스텔스(독수리 모양)는 새매에서 착안하지 않았을까 추측하는 것이다.

까치는 마을의 큰 나무나 전봇대 위에 집을 짓는 반면 산까치는 산에 있는 나무 위에 집을 짓는다는 차이점이 있다. 그래서 산까치일 것이다.

부엉이나 올빼미 등 맹금류는 나무 굴이나 산 바위틈 등에 집을 짓고 알은 두세 개 정도밖에 낳지 않는다. 그러니까 새가 클수록 알을 적게 낳는다. 피라미드식 먹이 사슬의 구조이기도 하다.

그러나 꿩은 예외다. 꿩은 주로 활동 공간이 야산 수풀이므로 닭처럼 크다. 하지만 알을 열 개 이상 낳으며 우리가 꿩새끼를 발견하고 잡으려 한다면 방금 눈앞에 보였던 열댓 마리의 새끼를 단 한 마리도 찾을 수 없다. 숨는데 귀재인 것이다. 꿩의 병아리라는 말이 있다. 약아빠진 사람을 이르는 말이다. 그러니까 살아가기 마련인가 보다. 모두가 달란트는 타고나는 것이다.

요즘 보기 힘든 너무 아름답고 예쁜 물총새나 청호반새(물총새 비슷하나 큼)는 산사태로 인한 흙 절벽에 긴 부리를 이용하여 굴을 파고 여러 마리의 알을 낳는다. 물새는 강가 돌과 모래 틈새에 집을 짓는다. 물에서 주로 사는 논병아리나 뜸부기, 청둥오리 등은 물 수풀 등에 집을 짓는다.

어떤 새는 사람 집에 공짜로 세 들어 사는 새도 있다. 별로 새 소리도 내지도 않으면서 조용히 어느샌가 우리들의 사용하는 도구(바구니, 종다래끼 등)에 새집을 지어서 곤란을 경우들이 있다. 그렇다고 무자비하게 철거할 수도 없지 않은가.

그런가 하면 아예 집을 짓지 못하는 새도 있다. 봄이면 바로 우리에게 청량음료와도 같이 시원하게 들려주는 뻐꾸기인 것이다. 이 녀석은 건축 기술 자격증이 없어서 남의 집에 몰래 알을 낳는다. 보통 자기보다 작은 규모의 새집에 알을 낳는다. 주로 한 개의 알을 낳는다. 본능적 전략인 것이다. 부족한 먹이를 같이 나눠 먹으면 영양실조로 죽게 된다는 것을 본능적으로 아는 것이다. 새집 주인의 어미새는 그 알이 제가 낳았는지도 따져보지도 않고 열심히 품는다. 그래서 부화하여 새끼로 탄생하면 바로 본격적으로 작업에 들어간다. 눈도 뜨지 않아서부터 옆에 동료들을 새 둥지에서 밖으로 밀어 올려 떨어뜨려 버리는 것이다. 아직 부화하지 못한 알도 어깨를 이렁이렁 움직여가며 끝내 다 없애버리고 혼자 남는다. 시간을 두고 그렇게 한 마리 한 마리 모두 없애 버리는 것이다.

조폭도 그런 조폭이 없고 악마도 그런 악마가 없는 것이다. 그 전에 새 어미가 먹이를 가지고 오면 입을 최대한 크게 벌리고 입안이 다른 새끼들에 비해 더 크고 빨갛고 자극적인 데다가 덩치도 커서 새 어미는 집안에 장군이나 국회의원감이 나왔다고 그놈한테만 먹이를 주는 것이다. 한 놈 잘 키워서 노후를 보장받겠다는 속셈도 깔려있는지 모르겠다. 진짜 제 새끼들은 굶어 죽고 그 전에 죽고 심지어 태어나 보지도 못하고 죽어갔는데! 그래서 새대가리라는 말이 나왔는지 모르겠다.

그러고 보면 사람의 생활방식과 하나도 다르지 않다. 산속에 사는 사람은 산속에 집을 짓고 도시에 사는 사람은 도시에

집을 짓는다. 해안가에 사는 사람은 당연히 바닷가에 집을 짓
고 사는 것이다. 내 집이 없으면 전세로 살아가는 것이다. 다
만 새와 다른 점이 있다면 사람들은 사는 집 하나에 만족하지
못하고 별장을 더 갖는다는 점이다. 새들은 그런 게 없다. 욕
심 없이 자연의 순리대로 살다 가는 것이다.

야생벌들과의 전쟁놀이

나의 유년 시절 때의 놀이는 밖에서 노는 것이다. 지금처럼 디지털 사회가 아닌 순전히 아날로그 사회였기 때문이다.

밖에서 노는 많은 놀이가 있지만 우리는 들판에 있는 돌이나 풀숲에 집을 짓고 서식하는 땡삐, 바드레 같은 야생벌과 싸움을 벌이는 놀이를 즐겼다.

지금 생각하면 위험천만하기도 하고 어처구니없어 보이는 불장난을 한 것이다. 양손에 쪼록싸리(야관문), 빵대, 쑥대 등을 꺾어 들고 벌집을 찾아서 먼저 공격을 하는 것이다. 그러면 우리는 벌한테 안 쏘이려고 양팔을 정신없이 휘두르며 벌들과 한바탕 전쟁을 벌이는 것이다. 한방도 안 쏘이고 끝나면 그것이 바로 승리다! 아마도 이 짓을 누가 시켰다면 안 했을 것이다.

한번은 내가 일곱 살인가 어릴 때 우리 집 근처에 땅벌 집이 있었다. 땅벌은 땅 밑에 2층, 3층 집을 짓고 사는 매우 사나운 벌이다. 그런데 한 녀석이 돌발 행동을 했다. 갑자기 바지를 내리더니 벌집으로 통하는 땅 구멍에 오줌을 냅다 갈기는 것이 아닌가! 우리는 깔깔대고 폭소를 터트리는데 그러기가 무섭게 울음바다가 되었다.

가만히 있을 벌들이 아니지 않는가! 온통 벌에 쏘이고 여자 아이들은 머릿속에까지 벌들이 들어갔다. 그 녀석은 바로 거시기(무기)에 쏘이면서 죗값을 톡톡히 치렀다.

성인이 되어 인삼밭 시설 지붕 밑에 수박만한 큰 말벌집을 발견했다. 우리는 밤에 랜턴, 비료부대 등을 준비하고 포획 작전을 전개했다.

벌집에 불빛을 비추니 그날 당직인 벌들이(예닐곱 마리) 문지기를 하고 있다. 비상상황이 되니까 벌들이 날갯짓으로 사이렌을 울린다. 그러자 집 안에 있던 벌들이 줄줄이 막 나오는 것이다. 아마도 기동 타격대 보직을 받은 벌들인 모양이다. 나는 그때 벌들이 우리네 군대 조직하고 매우 흡사하다는 것을 알았다. 처남이 담배 연기를 내 뿜으니까 못 견디겠는지 벌집 안으로 다 들어가 버렸다. 아주 쉽게 벌집은 비료부대 안에 강제 수용되었고 그날 밤 우리는 고단백의 별미를 맛볼 수 있었다.

여선생님 앞으로 걸어 나가다

초등학교 1학년 때로 기억된다.

나는 지금도 키가 작지만 어릴 때는 더 작았다. 그래서 교실 맨 앞줄에 앉았다. 5학년 때까지 짝꿍을 남녀로 했는데 내 짝꿍도 키는 나처럼 작았다. 하지만 돌덩이처럼 정말 단단하고 옴팡지게 생긴 것이 바늘로 찔러도 피 한 방울 안 나올 것 같은 것이 아주 독종이었다.

짝꿍이 돌덩이든 독종이든 그거야 뭐 그렇게 생겨 먹은 거니까 사실 내가 관여할 바는 아니다. 그런데 고것이 나를 꼬집는 게 문제였다. 꼬집어도 그냥 살짝 꼬집는 게 아니고 살점이 떨어져 나가도록 아주 옴팡지게 꼬집는다. 내가 뭐 잘못한 것도 없는데 허구한 날 꼬집어 대니 배길 수가 없는 노릇이다.

그래서 어느 날은 참다못해 앞으로 걸어 나갔다. 바로 앞에는 담임 선생님 자리다. 내가 걸어 나오니까 선생님은 당연히 그 이유를 물었을 것이고 내 독종 짝꿍은 아마 혼이 났을 테다. 그때 창피하고 쪽팔렸지만 숫기가 없었다. 누구한테 덤빌 줄도 모르는 산골 소년에겐 그 방법밖에 없었다.

짝꿍은 학교가 있는 좀 번화한 동네에 살고 나는 그보다는 시골인 촌 동네에 살아서 업신여기고 그랬는지, 내가 순해 빠진 게 뭐 덤빌 것 같지도 않게 생겨 먹어서 심심풀이 땅콩처럼 그냥 가볍게 몸 풀려고 그랬는지. 아니면 나를 좋아해서 그랬는지. 그건 나로서는 지금도 알 수가 없다. 다만, 만약에 내가 좋아서 그랬다면 좋다고 말로 할 것이지 연한 살절매를 꼬집긴 와 꼬집는단 말인고….

성인이 되어 간혹 초등학교 동창회 때 보면 옛날 그 얘기를 하면 그녀는 절대 안 그랬다고 오리발을 내민다. 그러니 가해자는 기억이 없을지 몰라도 피해자는 평생 잊히지 않으니 이 노릇을 어찌하랴! 누구한테 보상을 받느냐 그것이 문제로다.

죽을 고비를 넘긴 몇 가지 사건

지금 생각하면 정말 충분히 죽을 수도 있는 아찔했던 사건이 현재까지 3건 정도 되는 것 같다. 그중 하나는 세 살 때 도랑창(그때는 낭떠러지처럼 아주 높아 보였다)으로 굴러떨어져 이마가 다행히 깨져서 뇌진탕을 면해 운 좋게 죽지 않았던 일이고, 두 번째는 중학교 1, 2학년 때쯤인데 부모님이 자전거를 사오셨는데 학교에 못 타고 가게 하는 것을 몰래 타고 갔다가 일어난 일이다. 그날이 아마 토요일인 것 같다.

수업이 일찍 끝나고 집에 가는데 학교에서 나오면 바로 경사진 언덕이다. 친구들이 달렸다. 나도 같이 달렸다. 그게 화근이었다. 나에겐 좀 무리였다. 자전거 타는 실력이 초보였던 것이다. 달리니까 모자가 날아간다. 모자를 잡으려고 한 손을 허우적거리는 순간, 자전거는 어느새 방향을 잡지 못하고 난간이 없는 다리 밑으로 떨어졌다. 시멘트벽에 머리를 부딪치고 의식을 잃고 말았다. 의식이 돌아왔을 때는 낯설기만 한 보건소 응급실에 누워 있는 것이 아닌가! 왼쪽 팔이 완전히 부러진 채로…. 근데 팔 부러진 것보다 집에 가서 혼날 생각을 하니 앞이 더욱 캄캄했다. 지금으로선 혼난 건 기억이 없다. 다만 부러진 팔은 북산집 침재 할아버지한테 송곳처럼 생긴 긴 동침 한 방에 씻은 듯이 나은 기억뿐이다.

마지막으로 세 번째 사건은 정말 끔찍했던 사건은 교통사고였다.

1998년 1월 2일! 신정 연휴로 쉬는 날임에도 김대중 대통령이 취임하면서 공무원들은 출근해야 했다. 서면에서 출근하는데 밤새 싸라기눈이 와서 길이 상당히 미끄러웠다. 운전은 나보다 안정적으로 운전을 하는 아내가 주로 한다. 88공원 경사진 도로를 낮은 속도로 내려가는데 저만치에서 그레이스 봉고차가 빙글빙글 돌며 트위스트를 추고 있는 것이 아닌가. 결국 봉고차 옆모서리에 부딪힌 우리 차(크레도스)는 야구방망이에 맞은 공처럼 도로를 이탈하는 것이다. 순간 아찔하다. 불가항력이다. 어찌할 수 없는 운명에 맡겨야 하는 순간이다.

차는 도로 옆 거기에만 있었던 손목만큼 굵기의 아카시아나무 숲으로 돌진하며 5m 언덕 밑 논바닥에 가서 멈춰 섰다.

다행히 몸은 다치지 않아 우리는 언덕 위로 막 뛰어 올라왔다. 그러자 차들이 오는데 1등 레카차(일명 하이에나), 2등 경찰차, 3등 택시, 근데 내가 뭐라 하지도 않았는데 상대방 운전자는 "다 물어줄 테니 신고하지 맙시다." 하며 속삭이듯 말했다. 근데 나중에 그 사람은 나한테 그런 얘기 한 적이 없다고 하였다. 사람이 다급한 상황에 처하면 무의식이 발동하나 보다.

이 사람은 수도권 사람으로 춘천 처갓집에 왔다가는 사업가였던 것이다. 택시 운전을 하는 처남들이 있는 것 같았다. 그 중 한 사람이 나를 도청에 데려다주겠다는 것이다. 나는 생각할 겨를도 없이 그 택시를 타고 사무실에 출근을 하고 말았다. 바보가 따로 없다! 사고를 해결하지는 않고 어쩌자고….

교통사고 경험이 없던 나는 파렴치한 고수들한테 멍청하게 당하고 만 것이다. 나중에 안 얘기지만 우리 처남이 와보니 사건이 이상하게 돌아가더라는 것이다. 우리 쪽이 불리하게 끔, 경찰서에 갔더니 경찰관이 나한테 운전면허증을 보여 달라는 것이다. 하마터면 무면허로 꼼짝없이 억울함을 면치 못했을 것이다.

원수는 외나무다리에서 만난다고 했던가! 이 사람이 강원도에 기업을 이전하기 위해 이전보조금(13억 원) 신청이 들어왔다. 혹시나 동명이인 아닐까 생각했지만 바로 그 사람이다. "너, 잘 걸렸다!"

안 해줄 수는 없고 기간을 꽉 채워 금융기관에 추천장을 써줬다. 결국은 신용불량으로 배제되고 말았다. 사람은 하나를 보면 열을 안다고 했던가!

나중에 사고 현장을 보니 정말 큰 일 날 뻔한 것이다. 우리 차가 도로에서 튀어 나갈 때 도로변 전봇대를 15cm 정도 비켰다. 만약 전봇대를 박았더라면…. 생각만 해도 아찔하다.

맨손으로 소와 맞장 뜨다

대학생 때 일이다. 내일이 시험이라 밤늦도록 공부를 해야 하는데 소가 계속 소리를 질러대는 것이다.

그때는 소가 한두 마리여서 안마당에 소외양간이 있었다. 자정이 넘었는데도 그칠 줄을 모른다. 참다가 도저히 안 되겠다 싶어서 이 자식 손 좀 봐주려고 나가서 소코뚜레를 왼손으로 딱 잡았다. 허다 못해 목장갑도 안 낀 여자 손 같은 조그마한 오른손으로 소의 인중(눈과 코사이)을 한 방 날렸다. 그랬더니 뭐가 우지끈하면서 부서지는 소리가 났다. 나는 소 코뼈가 부서진 줄 알았더니 내 손등뼈가 박살이 난 것이다. 나는 아파 죽겠는데 소는 무슨 일이 있었냐는 듯이 멍하니 앞만 보고 아무런 표정도 없다. 이 자식 미안한 줄 알아야지 괘씸하고 열 받아서 지게 작대기를 들고 개 패듯이 패 버렸다.

손등뼈가 오조밥이 됐으니 어찌하랴. 북산집 할아버지한테 침도 맞고, 강태형 정형외과에서 촛물에 담금질도 하는 등 오래 걸려서야 나았다.

그 후에 이모님이 우리 집에 오셨기에 이모한테 나의 영웅담을 얘기했다. 그랬더니, "너는 미련하게 생긴 것 같지는 않은데 하는 짓이 왜 그렇게 미련하냐?"는 것이다. 하긴 내가 생각해 봐도 좀 미련하고 무식한 구석이 있는 것 같다.

그때 소는 발정 기간이라 애절하게 짝꿍을 불러달라고 목이 쉬도록 소리를 질러 댔건만 무식한 인간이 그것도 모르고 맨손으로 소를 때려잡겠다고 했으니 소가 어찌 생각했으랴….

수구초심 首丘初心

'수구초심'이라 했던가! "여우는 죽을 때 구릉을 향해 머리를 두고 초심으로 돌아간다."는 뜻이다. 사람 또한 죽어서라도 고향에 묻히고 싶어 하는 마음을 표현하는 '고사성어'다.

나의 원초적 고향은 유년 시절 봄이면 새와 더불어 살고, 여름이면 잠자리와 함께 지내며 각종 자연이 나의 전부였던 '가주러니'라 불리는 집이 거의 없는 산속 마을이었다. 그곳엔 내가 살던 초가집이 있었다. 집 가까이에 연못도 있었다.

연못은 그 전이나 지금이나 변함없이 그 자리를 지키고 있다. 다만 그때처럼 연못을 찾아오는 사람이 없다는 것이 세월의 흐름을 말해주고 있을 뿐이다.

그래도 나는 가끔 고향에 갈 때면 추억이 겹겹이 쌓인 연못을 찾곤 한다. 각종 잠자리와 물방개, 소금장수들이 헤엄쳐 다니고 생태계가 살아있는 곳이었다. 아이들이 여름 내내 멱을 감으며 놀았던 연못은 물풀들로 가득 채워진다. 더러워진 연못을 보노라면 실로 세월의 무상함을 느낀다. 연못 둑에 앉아 그 옛날을 그리며 목가적인 노래(아! 목동아)를 쓸쓸히 조용히 부르고 내려오곤 한다.

지금도 눈앞에 선명하게 펼쳐지는 나의 옛 초가집 모습!

'ㄷ'자 형의 집 구조, 안방, 윗방, 건너 사랑방이 있고 소 외양간도 집 안에 있었다. 소와 함께 사는 것이다. 그때는 온돌 문화라 나무를 때는 부강지(부엌 아궁이)가 있어 불을 때며

온기를 느끼는 재미가 쏠쏠하였다. 겨울 새벽이면 온돌이 식어 왜 그리도 추운지! 하긴 지금 같은 이부자리였다면 견딜만했을 텐데…. 5형제가 한방에서 자는데 소변을 보든, 뭐든 자리를 떴다가 다시 자리에 들 때면 가운데를 파고드는 것이다. 가운데는 사람 온기로 그나마 따뜻하니까. 그런 상황을 내 자식들은 알 리가 없다. 알 필요도 없긴 하다.

바깥마당이 있고 잿간(변소간)이 실외에 있고 앞마당 끝자락 변소 가기 전 키가 크고 굵은 살구나무가 있었다. 냇가에 늦밤나무가 있었고, 뒤란에 자두나무가 몇 그루 있었다. 그런데 바람이 불면 핑크빛으로 빨갛게 익은 자두가 떨어진다. 그 맛은 완전 꿀맛이었다. 지금은 그런 자두를 맛보기가 정말 힘들다. 재래종이었으니까.

그 시절 가장 불편했던 것은 화장실이었다. 재래식 화장실이라서 그랬는지 화장실이라는 용어도 몰랐었다. '화장실'이라고 안 부르고 '변소' 또는 '잿간'이라 불렀다. 밤에 화장실 갈라치면 혼자는 무서워서 못 가고 천상 작은형을 대동해야 했다. 그러면 형한테 야단을 맞아야 했다. 하긴, 나 같아도 정말 싫었을 것이다.

그렇게 문명적으로 불편했던 시골 아니 원시적 생활이었는데 왜 지금에 와서 그 시골집 풍경이 머리에 생생히 그려지고 그리워지는 것일까?

심지어 전기도 없고 수도도 없다. 우물물을 길어다 먹으며 살았던 그곳에, 의식주가 턱도 없이 부족했다. 가난했던 그곳에, 지금 살라고 하면 못살 것 같은 그때 그 시절 그 삶이 왜 이토록 그리워지는 것일까?

심지어 겨울 방학이면 노는 자유가 제한되었다. 우리 형제들은 모여 도란도란 이야기를 나누며 가마니를 짜야 했다. 그 순수했던 시절이 그토록 그리워지는 것은 무엇 때문일까?

편리한 아파트에 미처 소화하지 못하여 냉장고에서 썩어 넘쳐나는 음식에, 유행이 지나 입지 못하고 버리는 수많은 좋은 옷가지 하며 고급 자동차, 어디 그뿐이랴! 비행기를 통한 해외여행, 매일같이 진미를 찾아 먹는 외식문화!

그런데 왜 내 영혼은 공허하고 마음은 이토록 슬픈 것일까?

그 시절 그 순수한 마음과 욕심 없던 인간애가 사라졌기 때문일까?

나는 나의 영원한 고향(마음의 안식처)으로 언제나 돌아갈 수 있을까?

대가족 제도의 장점

결론부터 말하자면 사람의 인성에 결함이 있는 것은 우리나라 대가족제도가 무너졌기 때문이라고 본다. 이렇게 말하면 혹자들은 나를 보수적이고 과거지향적인 고리타분한 사람쯤으로 매도할지도 모르겠다. 물론 농경사회를 지나고 산업사회를 지나 정보화 사회를 거쳐 최첨단을 치닫는 분화된 복잡다양한 사회를 살아가야 하는 세상에 그 무슨 말도 안 되는 조선 시대 같은 소리를 하느냐고 비난할지도 모르겠다.

하지만 눈만 뜨면 쏟아지는 상상을 초월하는 극악무도한 사건들이 과연 어디서부터 잘못되었는가를 심각하게 고뇌해 본 적이 있는가?

그러면 학교 교육은 온전한가? 회복하기엔 안타깝게도 너무 멀리 가버렸다.

이제 그러한 누구도 원치 않는 사건은 매일매일 일어날 것이며 공권력의 해결도 분명 한계가 있는 것이며 사람들은 늘 불안감 속에 살아가야 할 것이다.

대가족제도는 '효도'를 말로 하지 않는다. 부모가 할아버지와 할머니에게 하는 것을 보고 배우는 것이다. 머리로 배우는 것이 아니라 가슴으로 배우는 것이다.

다시 말해서 지식이 아니라 몸으로 체득하는 것이며 인성교육인 셈이다.

자식에게 공부하라고 백번 말하는 것보다 부모가 책을 읽는 습관이 훨씬 효과적일 것이다. 자식은 은연중에 부모를 닮아가게 되어 있는 것이니까.

현대는 핵가족으로 살아갈 수밖에 없는 사회구조일 것이다. 그렇다고 대가족이 없는 것은 아닐 텐데. 문제는 대가족을 등한시하고 멀리하는 데 있다. 이 얘기는 그만큼 '효'의 개념이 희박해져 간다는 말로도 해석할 수 있을 것이다.

다시 말해서 대가족이 화목하고 훈훈한 집안의 자식들은 대체로 인성이 좋을 확률이 높을 것이다.

돈을 버는 일에만 몰두하지 말고 자식을 어릴 때부터 데리고 부모님(애들 조부모)을 비롯한 대가족을 자주 찾아가는 것은 어떨까? 이것이 그나마 사라져가는 대가족제도의 좋은 점을 면면히 이어가는 방법은 아닐까. 그러면 앞으로 미래는 좀 더 순화되고 살만한 세상이 되지 않을는지….

우리 집안에 기독교가 들어오다

내가 초등학교 3~4학년 정도 되었을 무렵 어느 일요일 아침! 우리 집은 발칵 뒤집어졌다. 지금은 이 세상에 없는 제일 큰형이 교회에 가야 한다는 것이다. 자동적으로 아버지한테 딱 걸린 것이다.

우리는 6남매였으며 그날 한 사람의 열외 병력 없이 감자를 심기로 되어 있었다. 그런데 우리 집안에 대들보인 장자가 교회에 간다는 것이다. 그때 당시 상황으로는 말도 안 되는 것이며 씨도 안 먹히는 얘기였다.

그게 아버지한테 통할 리가 만무하다. 처음에는 방 빗자루로 때리다가 성에 안 차셨는지 지게 작대기로 개 패듯이 패며 난리가 아니었다. 우리는 어린 나이에 무섭고 공포, 악몽의 시간이었다. 그렇게 얼마큼 시간이 지났을까 아버지가 형을 앉혀놓고 말씀하셨다.

"그래, 네가 다니는 교회가 어떤 곳이냐? 한번 얘기 좀 해 보거라."

형은 이미 설교자가 되어 있었다. 거미가 거미줄을 줄줄 뽑아내듯 쏟아지는 말이 다 진리였다. 아버지가 기독교가 뭔지 몰랐을 뿐 꽉 막힌 사람은 아니기에 "그래? 교회가 그런 곳이야?" 그게 아마 오후가 됐던 것 같고 그날 감자심기는 물 건

너갔다.

형은 친구의 전도를 받고 교회를 다니게 됐는데 처음에는 저녁 예배만 참석했기 때문에 집에서 모를 수밖에 없었다. 하지만 점차 시간이 지나면서 신앙이 깊어지고 강해졌다. 초등학교를 졸업하면서 한글을 깨우치지 못했다고 했는데 교회에서 한글을 알게 되고 그보다 중요한 것은 똑똑해졌다는 것이다. 마치 고기밖에 잡을 줄 모르는 무식한 베드로를 변화시켜 예수님을 증거하는 수제자가 되었던 것처럼….

우리도 옛날에는 미신(샤머니즘)을 믿었었다. 나도 어려서 화로를 들고 엄마를 따라 밭에 가서 전을 부쳐서 밭 가장자리에 버리는 의식을 행했던 기억이 있다. 그뿐만이 아니라 소 외양간에까지 음식을 놓곤 하였다. 그야말로 자연신인지 뭔지는 모르겠지만 나약한 인간으로서는 그게 최선이었을 것이다.

또한 유교적 전통을 따라 우리 집은 조부모님께 제사를 지내곤 하였다.

우리 집안은 공식적으로 아버지의 훈령에 따라 교회라는 데를 다니게 되었다.

우리 마을에는 교회가 없고 약 3~4km 떨어진 교회를 다니는 게 좀 불편하고 어색했다. 그때는 교회를 다니는 사람도 별로 없거니와 교회 다닌다는 것을 드러내지 않는 그런 시대였다.

그리고 나는 좀 어려서 잘 몰랐는데 작은 형은 좀 지식이

있어서인지 갈등과 저항감도 있었다. 불교가 우리나라에 들어
와 뿌리 내린 지도 오래 됐고 종교를 비교 분석할 수 있는 정
도의 수준이 아니니까 충분히 그럴 수 있는 일이었을 것이다.
어떤 종교든지 그것을 내 것으로 받아들이고 소화한다는 것은
순탄치 않다고 본다. 아마도 삶의 습관이나 문화의 충돌이 어
찌 따르지 않겠는가.

기독교의 진리는 변함이 없고 위대한데 문제는 사람에게 있
는 것이다.

큰 형은 믿음은 좋은데 융통성이 문제였다. 물론 교회는 다
녀야 하겠지만 집안 사정도 살펴 가며 다녀야 할 필요가 있다
고 본다. 형은 그 점이 잘 안 되었던 것이다. 그래서 아버지
가 너무 속상하셔서 어느 날 저녁을 드시고 우리 아들을 망가
뜨린 황모 전도사를 때려죽인다고 지게 작대기를 들고 교회를
찾아가셨다.

교회 사택에 살그머니 접근하니 형과 전도사가 주고받는 대
화 내용을 엿들으니 전도사가 죽일 놈은 아니었다. 형이 문제
였던 것이다. 바로 그 융통성!

아버지는 그만 맥이 쭉 빠져서 지게 작대기를 내팽개치고
터덜터덜 집으로 오신 것이다.

결국은 형의 융통성이 문제가 되어 집안이 화목하지 못했
다. 불협화음이 되어 집안의 침울한 분위기가 한동안 지속되
었다. 그러던 어느 날 내가 초등학교 6학년 때 형은 국방의
의무를 다하지 못한 채 세상의 무게를 극복하지 못하고 그만

귀중한 생명을 스스로 정리해 버렸다.

　아무튼, 큰형은 한 알의 밀알이 되었던 것이다. 보이지 않는 영들의 싸움에서 어떻게 피를 흘리지 않고 해결될 수 있었겠는가. 너무 큰 대가를 치르면서 그렇게 우리 집안에 기독교가 들어오게 되었다.

신은 존재하는가?

결론부터 말하자면 신은 믿는 사람 마음속에 존재한다고 볼 수밖에 없다.

다시 말해서 믿는 사람 마음속에 존재하니까 믿는 것이다.

나는 이문제 가지고 어지간히 갈등하고 고뇌한 끝에 내 나름대로의 존재론을 정립했다. 삼단 논법으로 말이다. 첫 단계로 '공기'와 '바람'은 존재하는가? 눈에 보이지도 않는데 무신론자도 아는 초보적 단계인 것이다. 그러면 두 번째 단계로 '사랑'이니 '미움'이니 하는 마음에서 작용하는 것들은 존재하는가? 또한 우리는 흔히 스포츠게임에서 '정신력'으로 이겼다는 말을 한다. 그러면 '사랑'이나 '미움'이나 '정신력'이라는 단어는 눈에 보이는 물질명사가 아니고 생각으로 아는 추상적으로 존재하는 것이라고 볼 수 있다. 다시 말해서 결과로 나타나는 현상을 보고 '사랑'하는지, '미워'하는지, '정신력'이 발동됐는지를 아는 것이다. 이렇게 추상명사는 헤아릴 수 없을 만큼 수도 없이 많다. 여기까지는 무신론자도 인정하고 납득하는 것이다.

그런데 마지막 세 번째 단계인 '신'은 존재하는가? 다시 말해서 '하나님', '천국', '지옥' 이러한 것들이 존재하는가? 이 문제에 맞닥뜨리면 글쎄요? 고개를 갸우뚱하는 것이다. 모르겠다는 사람에, 존재를 부정하는 사람이 많은 것이다.

사실 따지고 보면 '신'이나, '천국'이나, '지옥'이나 하는 단어도 '사랑', '미움', '정신력'과 같이 다 같은 추상명사인 것이다. 그러면 '사랑', '미움', '정신력' 같은 것은 존재하고 '신', '천국', '지옥'과 같은 추상적인 것은 존재하지 않는 것인가?

앞서 살펴보았듯이 온갖 세상 우주 만물은 보이는 것과 보이지 않는 것으로 구성되어 있지 아니한가. 그렇다면 사람의 입에서 나오는 모든 언어들은 물질적인 명사가 되었든 추상적인 명사가 되었든 다 있는(존재) 것이 아닌가!

단지 눈에 보이지 않는다고 해서 짧고 한계적인 두뇌로 존재하지 않는다고 단언할 수 있는가? 내가 보기엔 눈에 보이는 것은 물질적인 것으로 존재한다. 이는 한계가 있는 것이다. 눈에 보이지 않는 것은 추상적인 것이다. 영원 무궁히 존재하는 것이거늘….

고무풍선에서 배우다

나는 사람의 '영혼'이나, 인간의 '내세' 같은 종교적 설파를 할 때 고무풍선의 비유를 들곤 한다. 사람은 고무풍선과 흡사한 면이 있기 때문이다.

고무풍선은 공기를 주입해야만 그 역할을 하는 것이며 살아 있는 존재라고 할 수 있겠다. 공기가 빠져나가면 고무풍선을 죽는 것에 비유할 수도 있을 것이다.

그렇다고 해서 고무풍선 안에 있던 공기가 죽은 것은 아니고 어딘가에 존재하는 것이다. 사람 또한 고무풍선(고무+공기)처럼 '육체'와 '영혼'으로 구성되었다.

사람이 죽으면 육체는 '흙'으로 돌아간다. 하지만 영혼은 마치 '공기'처럼 죽지 않고 어딘가에 존재하는 것이 아니겠는가? 성경은 조물주 하나님이 사람을 창조할 때, '흙'으로 육체를 만들어 코에 하나님의 '생기'를 불어넣어 '생령'(영혼을 가진 살아있는 사람)으로 만들었다는 것이다.

여기서 생각해 볼 것이 '생기'는 본래 내(사람) 것이 아니고 '하나님'의 것이다. 다시 말해서 사람의 '영혼'은 하나님의 것이란 뜻이다. 사실 육체도 내 것이 아니다. 그래서 사람이 죽으면 '돌아가셨다'고 표현한다. '육체는 흙으로 돌아가고 영혼은 하나님께로 돌아갔다.'는 의미일 것이다. 그러니까 그것들(육체와 영혼)이 제대로 잘 돌아갈 수 있도록 관리자인 내가 육체와 영혼을 잘 가꾸어야(관리) 하는 것이다.

군이 성경적 의미를 부여하지 않는다 하더라도 "사람이 죽으면 어떻게 될까?"라는 물음에는 무신론자들도 궁금한 영역이긴 마찬가지일 것이다. 많은 사람들 또한 사람이 죽으면 모든 게 끝이라고 치부해 버림으로써 복잡한 사유로부터 도피하고 싶은 마음일 것이다. 스스로 위안받고 싶은 심리일지도 모른다.

사람들은 새해가 되면 소원을 빌며 고무풍선을 날린다. '공기'를 가진 고무풍선만이 살아서 하늘로 날 수 있는 것처럼 우리 사람의 영혼도 죽지 않고 하늘나라로 가는 것 아닐까!

진솔한 삶의 이야기

나는 집이 세 채밖에 안 되는 산속 마을에서 태어나 그곳에서 성년이 되도록 살았다. 그러니 산사람이라고 해도 과언이 아니다. 어린 시절 얼마 지나지 않아 두 집이 이사 가고 달랑 우리 집만 남았다. 유년 시절 놀이가 잠자리 잡는 것과 야생 새의 새끼를 키우는 것이 엄청난 즐거움이었다. 거기에 행복이 있었다. 새가 죽으면 마음이 아파 장사를 지내줬는데 사죄하며 명복을 빌었다.

가난한 농사꾼의 육남매 중의 하나로 태어났다. 하지만 가난 때문에 불행하다고 생각해 본 적은 단 한 번도 없었다. 이 세상에 태어나서 흙과 더불어 농사일밖에 모르시는 부모님의 삶에 진솔하지 않은 것은 아무것도 없었다. 나의 삶이란 나의 부모를 비롯하여 조부모와 외조부모, 그 선친 대대로 농사지으며 진솔한 삶을 살아온 역사의 내력이며 유전인 것이다.

선친들이 비록 세상에 태어나 돈과 명예나 권력 등 부귀영화를 누리지 못하고 살았을지라도 그 마음만은 누구보다도 진실하고 성실한 삶을 사신 것이다.

나 또한 세상이 말하는 기준의 출세를 하지 못하고 살아왔어도 결코 불행하지 않다. 유년 시절의 자연과의 교감과 체험이 나의 정서가 되었고 귀중한 삶의 자산이 되었기 때문이다. 마음이 풍요로운 것은 내면적 삶의 충만함 때문이다.

그래서 내 주변의 사람들에 대한 진솔한 얘기가 흘러나오게 마련이다. 부모 얘기, 조부모 얘기, 외조부모 얘기, 말할 수 없는 인정을 지니신 고모 얘기, 그리고 내가 걸어온 얘기가 줄줄 나오게 되었다. 유년 시절과 청장년기의 얘기, 사랑 얘기는 젊은 시절엔 어디를 가나 사랑이 존재했다. 교회를 가도 사랑이 있었다. 학교 선생을 가도 사랑이 있었고 사람 모인 곳이면 사랑이 파고들었다.

정말 순수하고 진솔하고 애절한 사랑이었다. 사랑 때문에 행복했고 아파하고 신음하며 괴로워했다. 그래서 그런가. 사랑이 주제인 문학작품이 이해가 되었다.

여백의 시간을 가지고 세상 바라보는 이야기, 사회와 나라가 개선되고 발전되어 가기를 바라는 이야기 등 나의 진솔한 작은 외침을 외치고 싶었다. 자연에서 습득한 기준인가 인간 관계의 기준도 진솔함이 우선이 되었다.

내 얘기를 들어주는 진솔한 사람에게 나의 진솔한 얘기를 하고 싶었다.

제주도 동서 이야기

　지금은 고인이 되었지만 제주도에 동서가 있어서 그곳엔 많이 갔었다. 나의 띠동갑 위의 동서로 운동은 전혀 안 하고 술만 좋아하다 보니 70세를 겨우 넘기고 저 세상으로 가셨다. 제주도에 동서가 생긴 사연이 기막히다. 처형이 아가씨 시절 직장 동료와 제주도를 놀러 갔단다. 그런데 같이 간 친구가 총무를 본다고 돈을 관리했는데 아침에 일어나 보니 행적을 감추어 버렸단다. 전라도 여자라고 했다. 전라도라고 해서 모든 사람이 나쁜 것은 아니겠으나 입에 오르내리는 사람들이 많다 보니 전라도에 대한 이미지는 안 좋은 편이었다. 공직에서 전라도 사람을 보았는데 그런 이미지를 불식시킬 정도로 이웃집 아저씨같이 따뜻하고 점잖은 사람도 있다.

　아무튼, 아주 오랜 옛날이라 지금처럼 휴대폰이 있던 시절도 아니다. 통신 수단이 제한되던 때라 육지로 돌아올 수 있는 방법이 없었던 모양이다. 아마도 짐작하건대 식당이나 어디든 돈을 벌어야 했을 것이다. 그런 과정에서 제주도 사람을 만나게 된 건 자연스러운 것이고 운명인지도 모른다. 그러니 육지에 계신 부모님은 속이 새까맣게 타고 늘 편치 않은 삶을 사셨을 것이다. 한 2년 정도 지나 배가 남산만 하게 불러서 부모님 앞에 나타났다고 한다.

　제주도에서 대대로 내려온 사업이 귤박스 유통사업이라 귤이 없어지지 않는 한 안정적인 직업으로 돈도 잘 벌어 그런데

로 땅도 사서 집도 짓고 나름 잘사는 편이다.

만약 강원도에서 살았더라면 얼굴 새까맣도록 일만 하는 시골 아줌마가 되었을지도 모르는 일이다. 어찌 되었든 그 옛날에 돈을 가지고 튄 그 동료가 한 사람의 인생의 방향을 완전히 바꾸어 놓았다. 이제 와서 고맙다고 해야 하나 잘 모르겠다.

2005년도 겨울 장모님께서 돌아가셨다. 영안실에서 염을 하는데 그 자리가 어떤 자리인가. 처남들과 처형들이 연실 훌쩍거리는 슬프고 엄숙한 자리가 아닌가.

동서 핸드폰이 우렁차게 울려 퍼진다. 짠~짠~짜라짜라~짠, 짠~짠~짜라짜라~짠, 빨리 밖으로 나가던지 천천히 전화를 받으면서 굵직한 목소리로 "여보세요?"하며 밖으로 나가는데 웃을 수도 없고 이거야 원! 그랬으면 밖에서 전원을 끄든가 아니면 진동모드로 해야 하는 것이 정상이거늘 조금 있으니까 또 짠~짠~짜라짜라~짠, 짠~짠~짜라짜라~짠, 아! 이 동서 알고 보니 전화기를 받는 거하고 끄는 거밖에 모르는 사람이었다. 그렇지만 인정이 두터워 제주도에 가면 기가 찬 전복죽을 손수 끓여주는 등 융숭한 대접을 받곤 했다. 그런데 좋은 세월은 동서와 함께 다 가버렸다.

화를 다스린다는 것

사람들은 자기가 화를 다스린다고 착각하는 것 같다. 많은 여자들이 스트레스를 심하게 받으며 살고 있는데 그 이유가 남편 때문이라는 것이다. 물론 아내 때문에 스트레스 받는 남자들도 있을 것이다. 왜 없겠는가.

하지만 여기서는 여자들의 경우에 한한다. 여자들이 대개 화를 다스리는 것이 아니고 참는 거라고 생각한다. 화를 다스리려면 참아서 되는 게 아니다. 사람을 잘 이해해야 한다. 사람도 동물로 규정하기도 하지만 머리를 쓰는 고등동물이라고 할 수 있다. 조금 심하게 표현하면 짐승인 것이다. 짐승은 자기밖에 모르는 이기적인 동물이다. 사람의 본성도 개인주의적이고 이기적이다. 다만 정도의 차이만 있을 뿐이다.

그러니까 스트레스를 안 받으려면 집안에 짐승을 키운다고 생각해야 한다. 집에 개나 소, 돼지 등 짐승을 키우면서 스트레스를 받아 죽겠다는 여자들은 없다.

그러니까 사람에 대한 기대치 때문에 실망하고 불만족스럽고 짜증 나고 살기 싫은 것일지도 모른다. 많은 사람이 있겠지만 김형석 교수처럼 교양과 수양으로 인격화된 사람이면 몰라도 남자란 어쩌면 자기밖에 모르는 짐승일지도 모르는 것이다.

그래도 짐승은 머리가 발달하지 않아 단순하기나 하다. 그런데 사람은 고도의 머리를 쓰는 동물이라 상상을 초월하는 일도 벌인다. 가정파괴범도 있고 사회에서 격리시켜야 할 정도로 반사회적인 범죄자들도 있다.

수많은 무고한 생명을 죽이는 살인자들도 있고 전쟁을 일으키는 무서운 사람들도 있다. 우리는 이런 부류의 사람들을 가리켜 짐승만도 못한 사람들이라고 말한다.

그러면 이제 비교해 보자. 과연 내가 같이 살고 있는 사람이 이런 부류의 사람인가. 그럼 왜 하필 그런 사람에 비교하냐고 반문할지도 모른다. 그런 사람들도 배우자가 있을 것이다. 배우자는 그런 사람인 것을 처음부터 알고 결혼했겠는가.

"그래도 나는 운이 좋은 편이야!"라고 바꿔 생각할 여지가 아주 없는 것도 아니다. 여자도 자신에 대해 생각해 볼 필요가 있다. 나는 과연 배우자에게 정말 잘하는 사람인가.

객관적으로 정말 잘하는데 남자가 스트레스를 준다면 남자에게 문제가 있다고 볼 수 있다. 하지만 쌍방과실도 존재할 것이다. 예수께서 "악을 선으로 갚으라."고 한 말씀과 노자께서 "착한 사람에게 착하게 대하고, 착하지 않은 사람에게도 착하게 대하라."고 한 말씀이 화를 다스리는데 작게나마 도움이 되기를 바라며….

대한민국이 선진국이 되려면

우리나라가 과연 선진국인가 후진국인가 하고 궁금해하는 사람들이 많다.

선진국과 후진국을 구분하는 기준은 IMF(국제통화기금)에서 정의하는 기준과 세계은행에서 정의하는 기준 등이 있다. 조금씩 다르긴 해도 일반적으로 1인당 국민소득으로부터 전체인구에 대한 의사의 비율, 의료시설의 비율, 문맹률, 평균수명, 남녀평등, 정치참여 비율, 자유도 비율, 기술경쟁력, 복지시설 등 국가와 사회의 전반적인 요소들 22개 항목을 종합적으로 적용하여 결정한다고 한다.

그런데 우리나라가 이 중에 거의 모든 항목을 달성하여 우리나라가 선진국이라고 주장하는 사람도 있고 아직 중진국과 선진국 중간에 있다는 사람들도 있다.

그런데 나의 기준은 좀 다르다. 선진국 기준의 외형적 요소도 중요하지만, 그 나라 국민의 내면적 기준을 도외시할 수 없다는 것이다. 즉 시민의식이 중요한 것이다.

국민의 교양, 공중질서의식, 합리적 사고 등 의식 수준이 병행되어야 진정한 선진국이라 할 수 있을 것이다. 한국이 1인당 GDP 기준 세계 12위라고 한다. 과연 선진국일까.

문화재청에서 주관하는 해외연수 중 스페인을 여행한 적이 있었다. 나는 룸메이트와 아무 생각 없이 저녁을 먹으러 나갔다. 마치 국내에서처럼 숙소 이름이나 연락처도 챙기지 않고 말이다. 그런데 일을 다 보고 택시를 탔는데 기사한테 어디로 가자고 말을 할 수 없는 것이다. 우리가 당황해서 쩔쩔매니까 택시기사가 어느 주유소에 멈추더니 뭐라고 얘기를 한다. 그런데 우리는 하늘이 노랗고 근심이 태산인데 택시가 숙소 옆을 지나는 것이 아닌가. 우리나라 택시였다면 어땠을까?

우리나라가 선진국이 되려면 여러 가지 갖춰야 할 조건들이 있겠지만 지면 관계상 두 가지만 언급하고자 싶다. 그 중에 하나는 택시문화가 바뀌어야 한다는 것이다.

한번은 T자형 도로에서 택시가 갑자기 속도를 늦추며 자기 차 옆구리 받기를 유도하는 것이다. 나도 순간 속도를 늦췄더니 택시기사가 문을 열면서 하는 말이 "왜 그래?"하는 것이다.

아니 누가 뭐라고 했나. 나는 다만 사고 안 나려고 대응한 것뿐인데.

또 하나 우리나라가 선진국이 되려면 쓰레기를 함부로 버리지 말아야 한다. 사람들이 등나무 밑 벤치에 앉아 무엇을 먹는 거야 아무도 말할 수 없다. 그런데 문제는 아침에 보면 온통 난장판이다. 누구보고 치우라는 건가.

소위 선진국 시민이라면서 아무 개념이 없이 행동하는 것이다. 버리는 사람은 1,000사람도 넘고 치우는 사람은 한사람 꼴이라면 무슨 수로 당해내겠는가. 그러니 쓰레기를 보기가 쉽지 않은 일본사람들은 한국을 어떻게 보겠는가. 그리고 뭐라고 평가하겠는가.

노자의 『도덕경』을 읽고

'노자'(BC 571~ BC 471)는 BC 6세기 사람이다. 그러니까 까마득한 옛날 춘추전국시대에 살았던 사람이다.

그리고 4대 성인 중 석가모니(BC 563~ BC 483)나 공자(BC 551~ BC 479)보다도 먼저 태어난 사람이다. 노자는 초나라에서 태어나 주나라에서 왕실의 장서고를 기록하는 수장실사(守藏室史)로서 40년을 있었다고 한다.

노자는 중국 고대 사상가로서 도가(道家)의 시조다. 장자와 더불어 노장사상으로 무위자연(無爲自然)이 그 핵심이라 할 수 있다. 다시 말해서 인생사, 세상사를 인위적으로 꾸미지 말고 물이 흐르듯이 있는 그대로 자연스럽게 살아가야 한다는 주장이다. 어찌 보면 당연하고 단순한 것 같지만 위대한 철학이 아닌가.

오늘날 세상 돌아가는 것을 보면 나 자신을 비롯하여 가정, 사회, 국가 할 것 없이 무질서와 혼돈상태로써 총체적인 문제다. 이러한 문제의 원인을 결국 '노자'에 주장에서 찾으면 우주의 기본원리이자 자연의 순리인 '도(道)'를 따라 살아가지 않기 때문이란다.

우선, 나라님들 예를 들어보자. 무슨 임금님만 되면 절대적 권력으로 흐르는 물도 역류시키는 것이다. 그러니 시간이 지나면 탈이 나는 것이다. 고인 물이 썩고 물고기가 떼죽음을 당하고 녹조가 심한 정도를 넘어 강물이 매생이국처럼 변해간다. 생태계가 파괴되는 것은 물론 그 강물을 논에 대야하고 결국 그 쌀을 먹어야 하는 인간은 어떻게 될 것인가. 잘못된 것이 어디 그뿐이랴. 경제, 외교; 국방 등 부국강병 정치를 빙자하여 사리사욕을 챙기며 백성을 실망시킨 일이 한두 가지이겠는가. 더욱이 얘기할 가치도 없는 나라님도 있었다니 말해 무엇하랴….

또한 지방자치단체의 장만 되면 본인의 치적을 위하여 전임자의 좋은 행적도 중지시킨다. 안 하느니 못한 일들로 시민의 혈세를 낭비하는 사례들이 얼마나 많은가.

일개 한 시민으로서 감히 권고하거니와 나라님을 비롯한 각계각층의 위정자들이여! 지도자가 되기 전에 '도덕경'부터 먼저 읽으시라….

도덕경(道德經), 단 5천 글자로 인생과 만물의 진리를 풀어낸 노자의 위대한 사상과 지혜를 엿볼 수 있는 경전으로써 서양 사회에서 『도덕경』은 어떤 유가 경전보다 더 큰 환영을 받았다고 한다. 이 얘기는 서양에서는 공자보다 노자를 더 읽는다는 말이다. 그 이유는 노자는 아주 오묘한 진리를 가득 품고서 오늘날 우리에게 무수한 삶의 이치와 원리를 알려주기 때문이라는 것이다.

이 글을 읽는 독자들에게 노자의 『도덕경』을 강추하면서….

보이는 것과 보이지 않는 것

성경 고린도후서 4장 18절에서 "우리의 돌아보는 것은 보이는 것이 아니요 보이지 않는 것이니 보이는 것은 잠깐이요 보이지 않는 것은 영원함이니라."

라고 말씀하고 있습니다.

그러나 많은 사람들이 보이지 않는 것보다는 보이는 것에 집착하며 살아갑니다. 심지어 믿는다고 하는 사람들도 마찬가지입니다. 정작 안 믿는 사람들보다 더한 사람도 있을 것입니다. 그 모두가 돈과 관련된 물질에 노예가 되었고 중독되었다고 해도 과언이 아닙니다. 재산 문제 때문에 싸우고 안 되면 소송하는 일들이 재벌뿐만 아니라 비일비재합니다.

그러면 그러한 현상은 왜 일어나는 것일까요? 저는 이렇게 생각합니다. 사람은 육체와 영혼으로 이루어졌는데 육체적인 부분에 중심을 두고 생각하고 살아가기 때문이라고 봅니다. 다시 말해서 물질적 욕심 때문이지요. 육체는 유한한 것으로 언젠가 끝나듯이 물질도 영원하지 않고 없어지는데 마음이 따라가지 못하고 여전히 욕심에 머물러 있기 때문입니다.

세상은 보이는 것과 보이지 않는 것으로 구성되어 있습니다. 보이는 것을 물질세계라고 표현한다면 보이지 않는 것은 정신세계라고 볼 수 있겠지요. 물질은 언젠간 소멸되는 것인 반면 정신세계에 속하는 보이지 않는 것은 유한한 존재인 사람이 뭐라고 말하기가 어렵습니다. 성경이 말씀하고 있는 영원하다는 표현이 맞는 것이겠지요. 또한 보이지는 않지만, 정신적으로 소중하고 가치 있는 것들이 무궁무진합니다. 지식, 지혜, 은혜, 은총, 사랑 등 이루 헤아릴 수 없습니다.

따라서 우리가 돌아봐야 하고 추구해야 할 것은 나그네처럼 잠깐 머물다 가는 눈에 보이는 이 세상이 아니고 비록 눈에 보이지는 않으나 우리의 영혼이 영원히 편히 쉴 수 있는 천국과 같은 영원한 세상이 아닐까 합니다.

— 2000년 춘천CBS 라디오방송국 인터뷰 녹화방송 내용 —

다른 것과 틀린 것

우리나라 사람들이 우리나라 말을 너무 잘 못 쓰고 있다.

'다르다'를 '틀리다'로 잘못 쓰고 있다. 아무 생각 없이 쓰는 것이다. 열중에 여덟, 아홉은 그렇게 쓰고 있음을 보노라면 안타까울 뿐이다. 입에 배어서 고치기 어려운 정도가 되었다.

몇 가지 예를 들어보면, "야! 이 맛은 전번 거와는 완전 틀려", "사장님 이거는 말씀하신 거와는 틀리잖아요.", "걔는 성격이 우리하고는 틀려." 등등 사례는 수도 없이 많은데 모두가 들어보면 '틀리다'가 아니고 '다르다'의 의미인 것이다.

'틀리다(wrong)'는 '옳다(right)'의 반대어이다. 다시 말해서 '틀리다'라고 말하면 '잘못 되었다.'는 것이다. 오엑스(○×)문제에서 옳음과 틀림의 문제인 것이다.

'다르다(different)'는 '같다(same)'의 반대어이다. 그러니까 같지 않으면 다른 것이다. 다시 말해서 맛이 다른 것이고 사장님이 잘못된 내용을 말씀하신 것이 아니고 약속한 내용과 다르다는 것이고 성격이 다른 것이다.

그나마 사물에 대한 표현은 좀 낫다. 하지만 사람을 그렇게 잘못 표현하면 심각한 문제가 생길 수 있다. 예를 들어 이런 것이다. " 야! 그 친구는 말이야. 우리랑 생각이 틀려. 그러니까 같이 어울리지 마라." 이렇게 되면 편 가르기가 되는 것이고 적이 되는 것이다. 단체나 조직이 되면 집단 이기주의에 빠지는 것이다. 작금의 정당정치 이념이 그런 것 아니겠는가.

사람은 누구나 같지 않기에 다름을 이해하고 인정해야 하는데 내가 옳고 남이 틀렸다고 생각하는 것이 자칫 편견과 오판을 초래하는 것이며, 무서운 결과를 가져오기도 한다.

내가 쓰는 용어 한 마디 한 마디 맞게 쓰고 있는지 생각해 가며 말해야 할 것이다.

말은 그 사람의 품격이기도 하다. 어떤 말을 하느냐, 맞는 말을 하고 안 하고가 그 사람의 문화적 수준을 말해주는 것이기 때문이다. 더욱이 외국 사람인데 정확한 한국어를 구사하는 사람이 보면 어떻게 생각하겠는가. 자기네 나라말도 제대로 하지 못하는 사람들이라고 생각하지 않겠는가.

자화상

아버지의 이성을 반(50%), 어머니의 감성을 반(50%), 합하여 백(100%)을 채운 균형감각 있는 극히 정상적인 인간으로 태어남.

성격은 유한 편이면서 까다로움. 키는 땅에서 잴 것이 아니라 하늘에서 재야 한다고 주장한다. 땅에서 재는 키는 180cm 미만인 것은 확실하다. 그러나 그다지 중요하지 않다. 하늘에서 재는 키는 아직 하나님의 응답을 받지 못했고, 아마 죽기 전 응답을 받겠지만 더 늘어날 것으로 전망함.

100m 달리기 최전성기 기록 12.7초, 공이라면 탁구공을 비롯하여 야구, 축구, 배구공에 이르기까지 미친 듯이 가지고 놀았음. 다만 당구는 배우지 않았음.

노래는 동요, 가요, 팝송, 성악 모든 장르를 가리지 않고 좋아함. 영어는 가장 좋아하는 과목이었으며 독해는 조금 하는데 회화는 어려우며 의사소통 정도는 하는 편이나 잘하지는 못함. 책은 고전과 역사, 철학 서적 등을 선호함.

악기는 기타를 배우는 중이나 젊어서 배우지 않아 애를 먹고 있으며 흰 눈 내리는 어느 겨울날 '그대 그리고 나'를 혼자 그럴싸하게 부를 수 있을 날을 기대함. 남들은 다재다능하다고도 하며, 자칭 무명시인에 무명가수라고 해도 크게 잘못된 말은 아니다. 전문성이 없어 아무짝에도 쓸데없는 변죽만 울리다 갈 사람임.

극히 낭만적이고 낙천적인 성격이라 세상을 유유자적하는 한량이며 베짱이임.

자식들에겐 나름 세심하고 자상한 아버지라고 자평하긴 하는데 배우자에겐 꽝임.

많은 사람들에게 웃음을 주는 유머 감각과 위트가 있다고들 하는데 배우자한테는 안 통함. 마음이 여려 드라마 같은 것을 보기가 쉽지 않으며 가슴 아픈 사연들을 들으면 울컥한다. 권위주의적이고 비인간적인 사람에게는 차갑고 무서울 정도로 냉정하며 궁예로부터 배운 '관심법'을 적용함.

그래도 남녀 구분 없이 매력 있다고 나를 좋아하는 친구와 사람들은 전국에 포진해 있고, 전국구 인적 네트워크를 구성하고 있어 그다지 외롭지 않음.

마음의 공부, 도를 닦기 위해 옛 성인들의 발자취를 체험해 보기도 했으나 도인이 되기에는 갈 길이 멀며 한 걸음 한 걸음 조심스레 걸어가고자 함.

장미와 찔레꽃

이른 아침, 산책을 나섰다. 아파트 단지 내 울타리에 붉은 넝쿨장미 옆에 한 포기 하얀 찔레꽃이 피었다. 왠지 향기가 궁금해서 코를 갖다 대니 찔레꽃 특유의 향이 진하게 전해온다. 그리고는 장미 향기도 맡아보았다. 그런데 장미는 향이 별로 나는 것 같지가 않았다. 꽃으로만 보자면 찔레꽃도 그 자체만으로는 수수하고 예쁘다고 할 수 있다. 하지만 장미와 비교하면 그 화려함에는 견줄 수가 없다. 사실, 장미보다 화려하고 아름다운 꽃은 없다고 해도 과언은 아닐 것이다.

사람도 꽃과 흡사하다. 장미처럼 외모가 빼어나고 화려한 멋진 사람이 있는가 하면 찔레꽃처럼 잘 생기진 못했지만 수수한 사람도 있다. 세상은 자연이든 사람이든 다양성으로 구성된 것이니까. 이왕이면 다홍치마라고 사람들의 시선을 끄는 것은 외모의 화려함과 아름다움에 있다. 그것은 어쩔 수 없는 인간의 본성이다. 하지만 시간이 지나면서 꽃이나 사람이나 내면의 향기를 발하기 마련이다.

꽃은 화려한데 향기가 없어 벌이 오지 않는 꽃들이 있다. 목련이 그렇고 장미도 벌들이 즐겨 찾는 꽃은 아니다. 그런데 우리가 못생긴 꽃의 대명사처럼 폄하하는 호박꽃의 경우, 벌들이 마치 자기 안방인 듯 들어앉는다.

호박꽃이 가지고 있는 꿀과 화분이 엄청나게 많고, 맛있기 때문일 것이다.

약 15년 전 영월 장릉 단종제에서 23살의 캐나다 유학생을 알게 되었다. 이런 얘기 저런 얘기를 주고받는데 어쩌다가 여자 얘기가 나왔다.

"처음에는 그 여자의 외모에 반하고 좋아하게 되지만 시간이 지나면 그게 크게 중요하지 않고 내면을 보게 되지요."

그때 나는 이렇게 생각했다.

"아! 이 친구 조숙한데. 난 그 나이 때 그런 생각 자체를 못했는데…."

그렇다. 사람은 지나면서 외모보다는 그 사람이 가지고 있는 성격, 합리적 사고, 긍정 마인드, 인간성, 유머 감각 등 내면적 가치를 생각하게 되는 것이다.

훌륭한 인성은 나라를 구하기도 하지만 잘못된 인성은 많은 사람을 죽이기도 한다. 외모가 뭐 그리 중요하겠는가.

장미가 찔레꽃 향기까지 가졌다면 얼마나 금상첨화(錦上添花)이겠는가마는 세상은 그렇지가 않은 것 같다. 그래서 세상은 살아볼 만하다. 찔레가 기죽지 않고 화려한 장미 옆에서 진한 향기를 내며 당당히 존재가치를 들어내는 걸 보면서….

코로나19 사태에 대한 논평

　전 세계를 공포의 도가니 속으로 몰아넣고 있는 코로나19 사태를 조명해 보고자 합니다. 전 세계가 전염병과의 전쟁에 직면한 상황을 어떻게 해석해야 하고 미래를 전망해야 하는지 묵상하다가 성경을 믿는 한 사람으로서 비록 정답은 아닐지 몰라도 마음에 위안과 평안을 갖게 되었습니다. 제가 말하는 답(위안과 평안)은 성경 안에 있다는 것입니다.

　하나님의 선택을 받은 고대 이스라엘 민족이 솔로몬 왕 이후에 북이스라엘과 남유다로 분열되고 주변국인 앗수르와 바벨론에 의해 멸망(북이스라엘 BC722, 남유다 BC586)합니다. 백성들이 이루 말할 수 없는 굴욕과 치욕을 당하고 처참하게 죽음을 당합니다. 바벨론에 70년간 포로로 끌려간 근본 원인을 크게 두 가지 우상숭배와 교만으로 언급하고 있습니다. 물론 하나님의 도구로 사용되어 북이스라엘과 남유다를 멸망시킨 강대국들도 그보다 더한 우상숭배와 하나님을 무시합니다. 경멸하는 오만과 교만으로 결국 이 나라들도 지구상에서 사라져 버렸습니다.

　그럼 오늘날의 현시대는 우상숭배와 교만이 그 시대보다 나아졌을까요? 소위 말하는 G2 국가라는 두 나라는 세계의 패권 다툼으로 혈안이 되어 있습니다. 상상을 초월하는 최신예 무기개발 경쟁이 끝이 없습니다. AI(인공지능)를 통한 드론 공격 등 정보통신기술과 최첨단과학은 어디까지 발전할 수 있을지 알 수 없는 것입니다. 이러한 것들이 다 무엇을 말하는 것입니까.

저는 이것이 제2의 바벨탑을 쌓는 것이라고 봅니다. 그야말로 교만이 하늘을 찌르고 하늘 무서운 줄 모르는 것이죠. 그것이 곧 무의식 속에 인류 우월주의의 우상을 만들고 숭배하는 것이라 볼 수 있습니다.

고대 이스라엘 주변 블레셋, 앗수르, 바벨론 등 많은 나라들이 막강한 철기 문명으로 교만 떨다가 멸망한 것과 하나도 다르지 않습니다.

하나님은 칼과 기근과 질병으로 세상을 징벌한다고 말합니다. 그리고 보면 하나님의 물리적 심판(채찍)이 이 안에 다 들어 있습니다. 칼은 오늘날 핵폭탄까지 발전했으며 칼은 또한 전쟁을 상징하기도 합니다.

기근으로 죽는 온 세계 사람들이 부지기수입니다. 지금 우리가 겪고 있는 질병이 경고 사이렌을 울리며 공포를 느끼게 하고 있습니다.

하지만 성경을 보면 이제 시작일 뿐이라는 것입니다. 마지막 때가 되면 우주 전체가 흔들리고 붕괴한다고 하니 그땐 이정도 질병은 문제도 아닐 것입니다. 해가 어두워지고 달이 빛을 내지 않고 하늘이 무너지는 일이 실제로 일어나는 것일 테니까요.

우리나라는 이스라엘과 아주 흡사하다고 말합니다. 이스라엘이 성골이라면 한국은 진골이라고 해야 할까요. 분단된 민족, 식민의 역사, 외세의 수많은 침입, 하나님에 대한 종교적 심성 등 많은 점이 닮았다는 것이죠.

그런데 북한이 성경에서 말하는 시나리오와 너무 일치하여 안타까운 심정입니다. 칼과 기근과 질병의 대명사 같은 곳, 죽음의 골짜기인 '힌놈의 골짜기'를 연상시킵니다. 힘없고 연약한 백성을 호도하고 학대합니다. 그들을 죽음으로 몰아넣은 이스라엘의 왕들과 위정자들, 거짓 종교지도자들이 하나님의 징벌을 받았습니다. 이것이 오늘날 북한의 실상인 것입니다.

코로나19는 14세기 중엽 1347년에 발생하여 유럽 인구의 1/3을 죽음에 이르게 한 페스트(일명 흑사병)를 떠올리지 않을 수 없습니다.

소설 '이방인'으로 하루아침에 일약 세계적 스타가 된 실존 철학의 거장 알베르 까뮈는 그 후 7년에 걸쳐 '페스트'라는 명작을 발표합니다. 영화로 상영되어 엄청난 충격을 주었죠. 까뮈는 마지막 결론을 이렇게 내립니다. 대안은 '성실성'이라고. 그저 자기의 직무를 완수하는 것이라고 말합니다. 그게 무슨 대안이냐고 반문할지 모르지만 사실 대안은 없는 것입니다. 스피노자가 말한 '오늘 사과나무를 심는 것이 최선'이라는 것이지요.

제가 위안을 받는 것은 "하나님의 백성은 하나님이 보호하시고 지켜주신다."는 성경적 사실 때문입니다. 마지막까지 하나님을 의지하고 전적으로 믿는 자! 저의 소견과 확신은 미국도 비록 교만하긴 해도 세계인류평화에 하나님의 도구로 사용되고 있습니다. 하나님을 대적하는 사상과 정치철학은 승리할 수 없다는 것이 저의 지론입니다. 일본이 한때 하룻강아지 범 무서운 줄 모르고 전 세계를 집어삼키려다가 하나님의 도구인 훌륭한 정치 지도자(루스벨트 대통령과 처칠 수상)를 통해서 처참하게 응징당했습니다.

　지금, 이 시련은 시작에 불과한 것입니다. 앞으로 어떠한
환란과 재앙이 닥칠지 아무도 모르는 것입니다. 그냥 겸손하
고 담담하며 신실하게 하나님과 소통하며 살아가면 되는 것입
니다.

백두산 천지 전지훈련

2004. 7. 25일 천사회 다섯 가족은 어린아이들까지 열외자 없이 열아홉 사람이 우리 한반도 최고의 명산 백두산(일명 장백산)의 천지 관람을 위해 4박 5일간의 전지훈련을 떠났다. 가족 중에 여섯 살 자리 가장 어린 것을 데리고 대모험을 한 것이다.

여행 출발부터 시행착오가 일어나기 시작했다. 한 가장이 집에서 얼마나 급히 나왔는지 다해진 슬리퍼를 신고 나왔는데 하필이면 비행기 보딩 타임을 얼마 남겨놓지 않은 상태에서 그만 한쪽 신발 끈이 끊어진 것이다. 급히 신발을 사야 하는데 남자 신발이 없는 것이다. 할 수 없이 여자 샌들을 거금 32만 원을 주고 샀다. 덩치는 남산만 한데 여자 샌들을 신고 따가닥 따가닥 걷는 모습을 한번 상상해 보시라! 충분히 연극 대본의 한 액션인 것이다. 그런데 바로 이어서 기상 상황 탓으로 비행기 시간이 연착된 것이다. 그래서 아주 오랜 시간 우리는 대합실에서 아까운 시간을 죽여야 했다.

한창 더운 여름이라 우리는 대형 아이스박스를 처음부터 그 안에 먹을 것을 잔뜩 챙겨 가지고 갔다. 북한 출신이라고 하는 가이드가 아이스박스를 가지고 온 여행팀은 우리밖에 없었단다. 그리고 보면 우리 천사회가 기상천외하고도 대단한 팀인 것만은 사실인 것 같다. 하긴 전지훈련 팀이니까.

그런데 정말 아이스박스는 대박이었다. 중국은 땅덩어리가 커서 어디 한 군데 여행하려면 차로 보통 대여섯 시간은 기본이다. 그 더운 여름날 에어컨 시설도 없는 열악하기 그지없는 관광버스 안에서 어떻게 배긴다는 것인가.

한번은 어느 동굴 관람이 있던 날이다. 이 버스가 어디로 가는지 아무리 가도 목적지가 나오지 않는 것이다. 나중엔 점점 의심스러워지고 여행을 망치겠다 싶어 가던 길을 되돌려 온 적도 있었다. 아닌 게 아니라 그날의 여행 일정을 망친 것이다. 그래서 한 아이는 처음 간 여행이 너무 힘들고 지쳐서 그 후로 다시는 해외여행을 따라가지 않겠다고 했다. 대가족 전지훈련은 그게 처음이자 마지막이었다.

그래도 백두산 천지만큼은 하이라이트였다. 그때가 여름 장마철이어서 우리는 우비를 입고 일정을 소화할 수밖에 없었다. 그 나름대로 운치도 있고 잊지 못할 추억을 남겼다. 그래도 다행스러운 것은 천지를 관람하는 순간만큼은 맑고 잠시 구름이 걷혀 사진을 찍을 수 있었다. 그러나 곧 천지에 구름이 내려앉아 조금 늦게 온 가족 일행은 천지를 볼 수 없었다. 그 정도로 백두산 천지를 본다는 것은 행운이다. 천지를 보려고 열 번씩이나 온 사람이 단 한 번도 못 본 사례도 있다고 한다. 평상시 덕을 쌓고 선행을 해야 하는 것이 아닐까. 참으로 알 수 없는 노릇이다.

우리는 백두산 천지를 관람하고 연변 조선족 자치지역을 구경하였다. 사는 집들이 일자형 단칸 초가집이었는데 우리나라 6~70년대 초반보다도 더 열악한 환경이라는 느낌을 받았다. 그래서 그런지 지역 주민들의 마음이나 인심은 순수하고 순박하기 그지없었다. 거리에 수박, 참외 같은 것을 파는 소탈한 노점상들의 행동 양식도 우리나라의 상술과는 완전히 차원이 다른 순수 세계를 보는 듯했다. 얼굴은 가꾸지 않고 옷차림이 남루해 보였지만 사람이 순수하다는 게 겉에 쓰여 있는 모습을 볼 수 있었다. 사실 어찌 보면 그런 사회나 공동체가 문명화된 사회보다 훨씬 더 행복할지도 모른다.

나는 한 두 개 정도 아는 중국어를 던져봤다. '짜이 쩬(再見)'(다음에 또 봅시다)(See you later) 했더니 시골의 아줌마들이 반색을 하는 것이다. 자기네 나라말을 썼다는 것에 친근감(소통)을 느낀 모양이다. 사람은 정치나 이념을 떠나서 사실 자연인으로서 순수한 것인데 사상적 세뇌 교육 등으로 편견과 고정관념을 갖게 하는 것인지도 모른다. 순간 여기에서 이 순박한 사람들과 함께 사는 것도 좋겠다는 생각을 하게 되었다.

우리의 전지훈련은 제1차 시행착오가 그렇게 있었고 제2차 시행착오가 기다리고 있었다. 1차가 준비 미흡이라고 한다면 2차 시행착오는 불가항력이었다.

중국 음식은 향료와 지방 과다로 사실 우리 입맛에는 거의 맞지 않는다. 물론 개중에 폴리스맨처럼 어떤 곳에 갖다 버려도 살아남는 전천후 특이체질이 있긴 하지만 대부분이 쉽게 적응하기 어렵다. 아니나 다를까 며칠이 지나니까 신호가 오는데 설사보다 빠른 급행열차는 없을 것이다. 차가 출발해야 하는데 한 가장이 옥수수밭으로 냅다 뛰어 들어가는 것이다. 모든 일정은 거기에 맞춰야 한다. 그렇다고 떼어놓고 갈 수는 없지 않은가. 그해 중국의 옥수수 농사는 우리 천사회가 다지어 준 것이나 다름없다.

　아무튼, 우리는 여러 차례 시행착오를 거치면서 백두산 전지훈련을 무사히 마치고 돌아왔다.

부자 가난뱅이, 가난뱅이 부자

　사람은 저마다 타고난 재주와 환경이 달라서 수백억, 수천
억대의 재산가가 있는가 하면 하루하루 입에 풀칠하기 어려운
사람도 있다.
　한국 전쟁이 끝나고 잿더미에서 시작해 우리나라 경제의 견
인차 역할을 한 대기업 등 재벌들은 단순히 경제적인 측면에
서만 보면 분명 돈이 많은 부자임에는 틀림이 없다. 그 또한
부모를 잘 만났든, 본인의 노력이 수반되었든, 충분히 부를
누릴 자격이 있을 것이다.

　특수한 경우를 제외하고 아마도 돈에 욕심이 없는 사람은
별로 없을 것이다. 그러다 보니 돈이라는 것에 온 마음을 빼
앗겨 사람을 죽이는 일까지 발생하곤 한다. 보험금을 타내려
고 천륜의 피붙이까지 서슴지 않고 죽이는 사람들도 있다. 내
생각으로는 도저히 이해가 가지 않는다. 아마도 정신이 나가
면 가능한 모양이다.
　설사 들키지 않고 사건이 성공했다 하더라도 과연 그 이후
가 행복할 수 있었을까?
　돈 때문에 일어나는 사건, 사고는 이루 헤아릴 수 없이 많
다. 그래서일까 성경에서는 돈이 '일만 악의 뿌리'라고 역설한
다. 돈은 좋은 것이다. 돈이 없으면 우리가 세상을 살아갈 수
없음은 틀림없다. 하지만 또한 돈이라는 것이 불행한 결과를

초래한다. 돈의 개념과 용도를 제대로 알라는 역설적 표현일 것이다. 우리나라 재벌들이 돈 때문에 소송에 휘말리는 좋지 못한 모습을 보면 안타깝기도 하다. 왜 저래야만 할까? 그게 비단 재벌들만 그러는 것은 아니다. 유산이 별로 없는 범부들도 돈으로 인한 집안의 갈등과 내홍은 마찬가지일 것이다. 인간의 욕심이 작용하는 한 다 똑같은 것이다.

10여 년 전 현직에서 다른 지역의 기업들을 도내로 유치하는 일을 한 경험이 있다. 주로 수도권 기업을 강원도로 이전하도록 행·재정적 지원을 하는 일이었다. 한 중소기업 사장을 만난 적이 있다.

무일푼에서 맨주먹으로 자수성가했다고 했다. 중국에서 물건을 싸게 사다가 큰 이문을 남기는 일부터 시작해서 오파상으로 큰돈을 벌었다고 은근히 자랑한다. 서울에 빌딩이 3채인데 세 자식들에게 한 채씩 줬다는 이야기도 했다. 그런데 정작 본인은 자가용이 없다. 차에 들어가는 돈이 아깝다는 표현을 쓴다. 그때가 무더운 여름이었는데 파란색 티를 입고 있었다. 그리고 점심때가 돼서 무슨 탕인지 우리 둘은 점심을 얻어먹었다.

그리고 며칠 지나서 우리가 서울 모 호텔에서 도내 기업 이전 설명회를 개최했다. 수도권의 많은 기업 대표이사들이 참석했다. 다들 거의 검은색 양복 정장을 입고 말이다. 공식적이고 격식 있는 큰 행사였기 때문이다. 그런데 유독 눈에 확 띄는 사람이 있었다. 바로 며칠 전에 만났던 그 중소기업 대표이사였다. 그것도 그때 입었던 파란색 티를 입고 있었다.

그런데 내가 왜 민망했을까. 정작 본인은 아무렇지도 않은 것 같았다. 내가 오지랖이 넓은 것인가. 자꾸만 신경이 쓰이는 게 마음이 편치가 않았다. 티라도 좀 다른 옷을 입고 오던가. 아니면 선택의 여지가 없었는가. 그러자 며칠 전에 얻어먹은 점심 생각이 났다. 어떻게 그런 용기를 냈을까.

근검절약하여 서울에 한 채도 아니고 세 채씩이나 빌딩을 마련했을 때는 얼마나 안 먹고 안 쓰고 했을 것인가. 우리 속담에 '아흔아홉 섬 가진 부자가 한 섬 가진 가난한 사람 것을 빼앗아서 백 섬을 채운다.'는 말이 있다.

성경에는 '부자가 천국 가는 것이 낙타가 바늘구멍으로 들어가는 것보다 더 어렵다.'는 말도 있다. 사람이 돈의 노예가 되어 마음이 여유가 없고 피폐해지고 인색해진다는 것이다. 그러면 그것은 경제적으로 부자일지 모르나 영혼은 가난뱅이라고 할 수 있을 것이다.

어느 날 저녁 부자 청년이 예수를 찾아와서 어떻게 하면 영생을 얻을 수 있냐고 묻는다. 아마 이 청년은 영생을 얻고 싶은 마음이 있었던 것이다. 그런데 예수께서 네가 영생을 얻고 싶으면 모든 재산을 다 팔아서 가난한 사람들에게 나눠주라고 말씀하신다. 그러니까 그 청년은 근심된 얼굴로 돌아갔다고 했다. 성경에 그 이후의 얘기가 없는 걸 보면 영생(구원)을 얻지 못했을 것으로 추측된다. 내가 어떻게 해서 번 재산인데 그 아까운 걸!

그런가 하면 경제적으로 가진 것이 없는 사람들의 이타적

봉사나 섬김, 인류애를 보면 왠지 위대해 보인다. 존경스러워지고 마음과 영혼이 부자라는 생각이 든다. 그런 부자의 예를 들면 수없이 많다. 마하트마 간디, 슈바이처 박사, 테레사 수녀, 김수환 추기경, 고 이태석 신부, 이 밖에도 오른손이 하는 일을 왼손이 모르게 묵묵히 위대한 일을 하는 사람들이 많을 것이다. 이러한 사람들이야말로 물질로는 가난하지만, 마음은 부자가 아닐까.

인생은 공수래공수거(空手來 空手去)라고 한다. 모두가 빈손으로 왔다가 빈손으로 가는데 물질의 욕심을 내려놓지 못하는 이유가 무엇일까. 영혼을 둘러싸고 있는 육체라는 물질적 본성 때문일까.

내가 초등학교 시절 배웠던 국어 교과서의 내용을 두 편 소개한다.

한 대장간의 대장장이가 매일 신나게 노래를 부르면서 일을 하며 행복하게 살고 있었다. 그런데 어느 날 이웃에 돈 많은 부자가 이사를 오게 된다. 그런데 매일 노래하는 대장장이 때문에 시끄러워 짜증이 나는 것이다. 그래서 대장장이로부터 어마어마한 거금을 주고 노래를 사 버린다. 대장장이는 졸지에 평생 벌지 못할 일확천금을 얻게 된 것이다. 그러자 대장장이에게 고민이 생겼다. 그 큰돈을 어떻게 관리할 것인가. 옛날이라 은행도 없었다. 보관할 곳도 만만치 않고 누가 훔쳐갈까 잠도 오지 않는다. 잠을 못 자니 몸은 빼빼 말라가고 노래를 못하니 인생의 재미도 없는 것이다. 그래서 결국 돈을 도로 부자에게 갖다 홱 뿌리고는 노래를 냅다 부르면서 나오는 장면이다. 50년이 지난 지금에도 뇌리에 박혀있다.

또 하나는 시골 영감이 큰 소 한 마리를 팔려고 장에 간다. 소를 팔아 돼지를 사고, 돼지 팔아 염소를 사고, 염소 팔아 토끼를 사고, 토끼 팔아 닭을 사고, 닭을 팔아 썩은 사과 한 상자를 산다. 주변 사람들이 이제 이 할아버지 집에 가서 마님한테 쫓겨나게 생겼다고 수군댄다. 그런데 이 할머니는 썩은 사과를 유달리 좋아하기에 영감을 반겨 맞는다는 반전의 내용이다.

현실적으로 말도 안 되는 이야기인지 모르겠으나 행복은 결코 물질에 있지 않다는 교훈이며 역설이다. 지금에서야 이해가 되는 이 수준 높은 내용을 초등학교 교과서에 실었으니 그때 이 얘기가 주는 참 의미를 깨달은 사람은 과연 얼마나 있을까.

어찌 되었든 우리나라의 재벌들을 보면 물질적 부와 마음의 행복과는 일치하지 않으며 오히려 반비례하는 경우가 많을 거라는 생각을 하게 된다.

어느 누가 쓴 <중년 십계명>에 있는 말이다. "너무 인색한 중년은 외로울 뿐이다. 돈을 잘 사용하여 인생을 아름답게 장식하라." 또 이런 의미심장한 말도 있다. "지금껏 내가 쓴 돈만이 내 돈이다."라는 얘기도 있다. 내일은 알 수 없는 것이다. 그렇다고 돈을 함부로 막 쓰라는 얘기는 아니다.

새들은 겨울을 위해 먹이를 별도로 저장하지 않는다. 그때

그때 먹거리를 해결한다. 그러면서 하늘을 자유롭게 날아다닌
다. 비록 가진 것은 없지만 마음에 근심 걱정도 없고 자유롭
다. 인간만이 많은 걸 가졌으면서 마음에 근심과 걱정과 욕심
이 있다. 자유롭지도 못하다. 과연 마음이 부요하고 영혼이
자유로우려면 무엇을 버려야 할까?

사라져가는 난춘이(새매) 소리

얼마 전 뒷동산(국사봉) 산행 중에 너무나 반가운 새 소리를 들을 수 있었다. 바로 어릴 적 '난춘이'라 부르던 새매인 것이다. 맹금류 중에서 가장 작은 규모의 새로 까치정도 되는 새다. 울음소리가 특이하다. "찌긋 찌긋 찌긋~"하며 소리를 내는데 세상 살기가 지긋지긋하다는 것인지 가슴을 울린다.

새매 '난춘이'는 요즘은 보기 드문 새가 되었다. 내가 어릴 적 유년 시절에는 이 새가 꽤 있었다. 매년 여름이면 이 새 새끼를 기르곤 하였다. 어린 새끼는 병아리와 흡사한데 색이 하얗고 귀엽다. 다만 명색이 맹금류 집안이라고 부리가 구부러져 있을 뿐이다. 먹이는 주로 개구리다. 예전에 논두렁에 개구리가 지천이었다. 개구리를 산 채로 잡아다가 새장 안에 집어넣으면 새가 매서운 발톱과 부리를 이용하여 잡아 먹곤 한다.

그래서 그런지 '난춘이' 소리가 어찌나 반갑던지 마치 이산가족을 만난 기분이었다.

그리고 며칠 후에 산에 갔다. 이 새소리가 들리는 순간, 까마귀가 '난춘이'를 공격하는 것을 보았다. 덩치 면에서 까마귀가 훨씬 크다. 영역권 다툼이 일어난 것이다. 결국 매복하고 기다리던 까마귀한테 기습을 당한 '난춘이'가 '찌긋 찌긋'하면서 추락하는 장면이 목격되었다. 그 후로 '난춘이' 소리는 들을 수가 없었다. 아마 치명상을 입고 희생된 듯하다. 나로서는 까마귀가 얼마나 밉던지. 사람은 누구나 약자 편인가 보다. 그렇지 않아도 먹이사슬이 깨져서 멸종단계에 있는 '난춘이'를 보기 힘든데 그나마 한 마리 있던 새를 까마귀가 없애버린 것이다.

요즘 자연 생태계를 보면 정말 심각하다. 위기의식을 느낀다. 다들 무감각한데 나만 그런가. 생태계가 급격하게 파괴되어가고 있다. 개구리도 보기 힘들고 산토끼도 보기 힘들다. (천적이 없는 들고양이한테 전멸), 땅이 오염된 탓인지 작년까지만 해도 여름 아침이면 잠을 깨우는 말매미 소리도 들리지 않는다. 시골에서 저녁때쯤 되면 온 동네를 울리는 째람이(매미)들의 고즈넉한 울음소리도 듣기 힘들다. 파충류, 양서류, 곤충, 미생물 등 자연 생태계의 파괴는 무엇을 의미하는가. 사람들의 편의주의와 이기주의가 자연 생태계를 무자비하게 파괴하고 있다. 잡초를 없애겠다며 죽어가는 땅을 만들고 있다. 빈대 잡겠다고 초가삼간을 태우는 격이다.

시골의 도랑이나 흙길도 시멘트로 도배를 해버렸다. 미꾸라지, 올챙이, 도룡뇽, 각종 물벌레, 미생물들이 살 수 없는 인공적 환경이 되어버렸다. 벌이 멸종하면 인류의 역사가 중단된다는 말도 있다.

나는 환경론자는 아니다. 하지만 해가 다르게 변해가는 환경오염과 생태계 파괴를 피부로 느끼노라면 불안하기 때문이다. 요즘 제비도 그리 많지 않다. 이제는 보기 힘든 철새가 되었다. 제비는 논에서 진흙을 물어다 처마 밑에 집을 짓는데 요즘 논이 별로 없다. 경제적 논리에 의해 논들이 밭으로 전환되었기 때문이다.

이제 우리는 머지않아 볼 수 없는 것들이 점점 많아질 것이다. 그러면서 어떠한 환경변화가 올지 알 수 없다. 장기간 코로나 사태로 온 세상에 비상이 걸린 질병이 결코 우연이 아닐 것이다. 인간의 문명 이기주의가 만들어낸 부산물이라고 생각된다. 그런 면에서 자연재해가 아니라 인재인 셈이다. 왜 인간은 자연생태계를 파괴하면서까지 기술개발에 혈안이 되어 있는지 모르겠다. 미래 세대에게 그 과제를 넘겨줘도 되련만 당대에 모든 실적을 내려고 하는 것인지 도대체 모르겠다. 그것이 곧 지구의 종말을 앞당기는 일이라는 것을 왜 모르는가. 그렇게 온 인류가 경쟁하여 달성하려는 궁극적인 목적은 도대체 무엇일까? 인류는 무엇 때문에 죽어라 하고 앞다투어 내달리는가 말이다. 행복을 위해서가 아닌가. 그런데 그 결과가 오늘날 행복을 가져다주었는지 묻고 싶다.

자연의 소리가 사라져간 세상 속에서 획기적으로 발전한 초고속열차, 고급승용차, 첨단전자제품, 만능 휴대폰, 인터넷을 이용한 빠른 정보, 그것이 과연 행복한 것인가. 인간의 편리한 문명과 바꿔야 할 만큼 자연생태계는 하찮은 것인가.
자연이 주는 정서적 의미와 수많은 가치는 엄청난 것이다.
언제 다시 그 정감어린 '난춘이' 소리를 들을 수 있을까.

산다는 건 도 닦는 것

사람이 산다는 것은 도를 닦는 것이라고 생각한다.

사람은 태어나면서부터 인간관계를 형성하면서 살게 되어 있다. 이 범주를 벗어날 수 있는 사람은 아무도 없다. 만약 그렇게 산다면 재미도 없을 뿐만 아니라 별 의미 없는 인생일 것이다. 태어나면서 부모와의 천륜 관계, 피와 살을 나눈 형제 관계, 친인척 관계, 친구 관계, 선후배 관계, 직장동료 및 상하 관계, 이웃사촌 관계, 연인관계 등 다양한 인적 관계를 갖고 살아가는 것이다. 그래서 아리스토텔레스가 "인간은 사회적 동물이다."고 했는가 보다.

그런데 여기서 주인공인 나와의 관계들이 백 퍼센트 다 좋은 것만은 아닐 것이다. 어떤 관계는 좋기도 하지만 어떤 관계는 불편하고 안 좋은 관계도 있을 것이다. 그러면 왜 불편하고 안 좋은 관계가 되었을까. 상대방의 실수나 과오도 있겠지만 나의 욕심이나 시기심과 질투심이나 증오는 없었을까. 생각해 보면 반성이나 성찰을 해야 할 경우가 많은데 우리는 바쁘게 살기에 건너뛰는 것이다. 나의 뒤는 돌아보지 않고 앞으로 가기에만 바쁜 것이다.

세상 속에서 우리는 직업을 가지고 살아간다. 직종이 무엇이 되었든 직장이 있는 것이다. 그리고 그 어떤 직업도 사람과 부딪치면서 살아가는 것이다.

그러면서 칭찬도 주고받겠지만 상처 주고 상처받는 곳이 내가 속해 있는 일터인 것이다. 그래서 여기가 바로 내가 도를 닦는 곳이다. 상대방의 마음을 헤아리고 배려하고 가급적 상대방의 마음을 편하게 해 줄 수 있는 아량을 베푸는 것 등, 도라는 것이 거창해야만 도는 아닐 것이다. '노자'가 말한 물 흐르듯이 자연스럽게 있는 그대로의 따뜻한 마음을 상대에게 전하면 되는 것 아닐까.

물론 직장생활이라는 게 그리 녹록지만은 않다. 특히 조직 사회는 근속 연수에 따라 승진도 해야 하는데 그것이 내 마음대로 내 뜻대로 되는 것이 아니다.

어떤 사람은 관운이 좋아 잘 풀리는 사람도 있으나 어떤 사람은 실력과 인성에 관계없이 대우를 받지 못하는 경우도 많다. '95년도 지방자치제가 실시되면서 시군단위에서는 누가 자치단체장이 되느냐에 따라 직원들의 향방이 천양지차로 갈리고 거기에서 파생되는 갈등과 애환이 보는 이로 하여금 안타까움을 금할 길 없는 것이다.

고대 중국이나 현재의 미국 상황을 보면 집권했을 때 적진의 출중한 인물을 요직에 발탁해서 쓰는 것을 보면 역시 대국은 뭐가 달라도 다르구나를 느끼는 반면, 우리나라는 너나 할 것 없이 소인들이라는 생각을 할 수밖에 없는 것이다.

그렇다고 해서 내가 위축될 필요는 없다고 본다. 양지가 음지 되고 음지가 양지 되기 때문이다. 다시 말해서 양지도 지나가는 것이고 음지도 지나가는 것이다. 긴 것처럼 느껴져도 잠깐인 것이다. 어떤 사람은 그 기간을 참지 못해 직장을 그만두는 경우도 있다. 한번은 아주 오래전 나의 동기동창 친구가 아이들 네 다섯 살 때인데 차석이 힘들게 해서 명퇴를 하겠다고 집으로 가버렸다.

30분을 통화했다. 대안이 있냐니까 부모님 땅 얼마 되지도 않는 거 농사짓는단다.

네가 그만두면 너만 손해고 지는 거야 뭐하러 그렇게 하느냐 6개월 지나면 분명 후회할 거니까 그러지 말고 인사팀에 얘기해서 다른 부서로 보내 달라고 하라고 해서 결국은 다른 부서에서 근무하게 되었다. 아주 간단한 문제를 극단적으로 생각했던 경우인데 우리는 때로 생각이 함몰되면 다른 생각을 못할 수도 있다. 그리고 설령 한직에 유배되었더라도 좋은 방향으로 생각하면 나름 길이 열리기도 하는 것이다. 좀 쉬어가면서 그동안 하지 못한 것을 할 수도 있는 사간으로 활용하는 것이다. 도를 닦는 시간으로 오히려 귀중한 시간이 될 수 도 있다. 인생길이 고속도로만이 좋은 길은 아니다. 사람이 없는 오솔길이 사색을 하기엔 더 필요한 길일 수도 있다. 그러고 나면 나의 내면이 조금 더 안정되고 풍요로워졌음을 발견하게 될지도 모른다.

어떤 사람은 도를 닦는다고 산속을 들어가는 사람도 있고 절을 찾아 수행하는 사람도 있고 교회에서 철야기도를 하는 사람도 있을 수 있다.

그러한 성찰을 하고 나면 절대자 앞에서 다 도인 일 수 있다. 그러나 진정한 도인은 세상 속에서, 일상생활 속에서 실천하는 도만이 진정한 도라고 말한다.

2014년 전국시도지사협의회(현재 한국시도지사협의)에 파견 근무한 적이 있었는데 그때 도인인 젊은 여직원이 있었다.

나와 같은 부서에 전산직으로 근무했는데 항상 얼굴 표정이 밝고 모든 사람들에게 친절하고, 자기 일도 많을 텐데 이 사람 저 사람 정신없이 불러도 싫은 표정 없이 늘 미소! 가식이 아닌 진정한 마음과 모습! 전산팀장에게 그 애기를 하니까 10년 동안 같이 근무했는데 지금 그 모습 그대로였다는 것이다. 사람이 탐이 나서 조카들도 있으니 우리 집안 사람 만들고 싶었는데 조카들이 다들 짝이 있다네. 아쉬워라! 결국 사는 것이 도를 닦는 것이다. 현재의 위치에서 물처럼 순리대로 살다 가면 되는 것이다.

제4부

생각하며 살기

마음은 원이로되 입이 문제로다!

우리는 살면서 본의 아니게, 말다툼을 하며 살게 된다.

그러다 보면 상대방이 잘못하거나 실수하게 되는 경우도 있지만 내가 실수하고 잘못한 경우들도 있다. 특히 부부지간에 그런 일들이 많다.

남자인 나의 경우 미안해서 진정으로 사과하고 싶은 마음이 굴뚝같은데 실행이 잘 안 된다. 왜 그럴까. 그런데 알고 보니 나만 그런 것이 아니다. 내 주변의 지인들 거의 다가 공감하며 그렇다는 것이다.

생각건대 아마도 이것은 대한민국 남자의 공통적 DNA에 근거한 것 같다. 그 유전인자는 조선시대로부터 비롯된다.

조선시대 오백년을 지배한 유교사상을 구축한 성리학적 체면문화의 뿌리 깊은 잠재의식이 만들어내는 삶의 패턴(양식)이다. 이 의식구조는 남아선호, 남존여비 등 가부장적 위계질서가 내포된 비합리적 삶의 방식을 양산한다.

그러니까 후련한 사과 한 마디 못하고 대충 구렁이 담 넘어가듯 시간에 기대어 사는 과정의 연속성 상에서 진정성은 표출되지 않아 상대방에겐 상처만 고스란히 가슴 깊이 쌓여가는 것이다. 그래서일까. 여자들은 말다툼을 할 때 한 참 지난 고려적 시절 얘기까지 꺼내곤 하는 것이다.

비단 부부지간을 넘어 사회활동의 가장 중요한 대인관계에서 잘못해 놓고 사과하지 않는 사람들이 너무 많다. 사과는커녕 오히려 적반하장으로 큰소리치며 대책 없는 사람들이 많은 험악한 세상이 된 지 오래다.

　"사과할 줄 모르는 민족은 일등 국가가 될 수 없다."는 말이 있다. 일본을 얘기할 때 많이 인용되는 구절이다. 그렇다고 우리나라 사람들은 사과하면서 사는지 성찰해 볼 일이다.

　"없는 놈이 자존심만 강하다."고 했던가. 이제는 대한민국의 경제적, 군사적 위상도 선진국 대열에 합류시킬 만큼 많이 높아졌다. 그런데 국민의식 수준은 선진국으로 가기엔 아직 부족한 부분이 너무 많다. 이젠 물질이 아니라 의식을 높여야 할 때다. 자존심이 아니라 자존감이 높아져야 할 때이다.

　잘못한 부분은 정직하고 솔직하게 잘못을 인정하고 사과하고 용서를 구하는, 그럼으로써 신뢰가 회복되는 올바르고 살 만한 세상이 되기를 꿈꿔본다.

입장 바꿔놓고 생각해 본다는 것

우리는 살면서 다툼이 일어날 때 상대방이 이기적이며 자기 말만 말이라고 억지를 부려 답답하고 속상한 경우 "야! 한번 입장 바꿔놓고 생각해 봐" 하고 언성을 높이곤 한다. 하지만 생각해 보면 입장을 바꿔서 생각해 보는 것처럼 어려운 일도 없는 것 같다는 생각이 든다. 왜냐하면 상대방의 입장이나 위치에 간다는 것도 쉽지 않거니와 상대방의 입장에서 생각해 본다고 해도 생각하는 주체는 또한 '나'이기 때문이다. 다시 말해서 생각하는 주체가 바뀌지 않기 때문이다.

'나(자아)'를 배제하고 순전히 상대방만의 입장을 생각한다는 것은 '내'가 '그'가 아니기 때문에 완전히 이해한다는 것은 사실 불가능하다.

다만 인간 삶의 지혜나 통찰력 등 소양이나 인덕이 잘 갖춰진 사람들은 가능할 것이나 그런 사람들은 처음부터 그런 트러블(불협화음)을 만들지 않을 것이다.

그러니까 입장을 바꿔서 생각해 볼 수 있을 정도의 소양의 사람이 되려면 그냥은 안 되고 배움이나 수양 같은 훈련이 필요한 것이다. 그 배움이나 수양은 하루아침에 이루어지는 것이 아니고 많은 시간에 학습되고 훈련되어 쌓여진 결과물이다. 축적된 힘 있는 에너지라고 말할 수 있을 것이다. 그러자면 공교육에서의 인성교육이 반드시 필요한데 오늘날 초·중·고의 인성교육은 안타깝게도 없어진 지 오래다.

그렇다면 가정교육은 기대할 만한가. 이 또한 기대하기 어려운 시대가 되어버렸다.

집집마다 자식이 하나 내지 둘이다 보니 모두가 애들을 금지옥엽 왕자나 공주로 키워놔서 기본 예의범절이 잘 안 갖춰진 상태에서 입시교육을 위한 지식만 축적되어 인격이 형성되지 않은 젊은 세대들이 양산되고 있다. 이 세대들은 개인주의적이고, 이기적인 성향이 강하다. 그러다 보니 갈등이나 다툼이 발생하게 되면 배려나 관용을 찾아보기가 힘든 것이다. 그러니 어쩌면 "입장 바꿔놓고 생각해 보라."는 말이 말 자체가 안 되는 것 인지도 모를 일이다.

그래서 어쩌면 그에 대한 대안이 있다면 그것은 개인적으로 인격형성을 위해 노력해야만 하는 것이다. 책도 많이 읽어야 하겠지만 종교적 가르침을 배우고 실천하는 삶도 많은 도움이 될 것이다. 전인적 인격체만이 입장을 바꿔놓고 생각할 수 있는 마음의 여유와 역량이 형성되어 갈 테니까.

생각하며 산다는 것

서산대사가 이런 말을 했다고 한다.

"세상살이 다 거기서 거기외다." 물론 그 유명한 서산대사가 왜 이런 말을 했는지 짐작을 못하는 바는 아니다. 하지만 나는 반론을 제기하고 싶다.

인생을 외면적 관점에서 보면 틀린 말은 아니겠으나 한 번밖에 없는 인생을 그렇게 치부하기에는 자칫하면 자조적인 체념적 삶이 되어 사람이 나태해지지 않을까 염려되기 때문이다. 무슨 얘기냐 하면 사람이 경제적으로 잘살고 못사는 게 문제가 아니라 삶은 '의식'의 문제라는 것이다. 즉, '사람이 어떤 생각을 가지고 어떻게 살아가느냐?'가 중요하기 때문이다.

그런데 사람은 너무 경제적인 부분에 치우쳐 있다. 그러다 보니 인생의 의미나 참다운 가치를 잘 느끼지 못하고 살아가는지도 모르겠다.

인생을 철학적 의미나 종교적 의미 등 다양한 시각에서 관찰하고 고뇌하고 조명하면서 발전해 나가야 하는데 너무 물질적 측면에 얽매어 살아가는 면이 크다는 것이다. 그래서일까 '폴 발레리'라는 사람이 이런 말을 했다.

"생각대로 살지 않으면 사는 대로 생각하게 된다."

이 말은 얼핏 보면 그 말이 그 말 같아 보인다. 하지만 "사는 대로 생각하게 된다."는 것은 막 살아간다는 것 아닌가. 한 번밖에 없는 귀중한 삶을 되는대로 막 살아가서야 되겠는가.

보람되고 후회하지 않는 삶을 살다 가려면 많은 생각을 하면서 살아가야 할 것이다. 우리는 흔히 삶의 욕구를 말할 때 '매슬로우(Maslow)의 욕구 5단계설'을 이야기한다. 지금 우리가 살고 시대는 과거의 의식주를 해결해야만 했던 가난한 시대는 아니다. 인간의 욕구 중 가장 높은 단계인 '자아실현'을 하고자 하는 사람들이 너무나 많고 당연한 현상이다. 이상을 추구하는 인간으로서 먹고 마시고 즐기는 것만으로는 만족하지 못하는 그 무엇이 있는 것이다.

많은 사람들이 문학이나, 철학, 문화예술, 종교 등 다양한 세계를 추구하며 살아가는 이유가 무엇일까. 결국 자아실현을 위한 것 아닐까. 이 모든 것의 기본이 바로 '생각'에서 비롯될 것이다. 생각하며 살아가야 할 것이다.

새는 우는 것일까, 노래하는 것일까

우리는 흔히 새가 지저귀는 것을 "새가 운다."라고 말을 한다. 그런데 서양에서는 "새가 노래한다."라고 표현한다.

그럼 새는 우는 것일까 아니면 노래하는 것일까. 둘 중에 어느 하나만 맞는 것일까. 다 맞는 것일까 그도 아니면 다 틀린 것일까. 아마도 동서양이 다르게 표현하고 있는 것을 보면 분명 동서양의 역사적 배경이나 정서와 연관되어 있는 것이 사실일 것이다.

특히, 우리나라는 고대로부터 외침을 수도 없이 받고 힘들고 가난한 삶을 살면서 '한'이 많이 서린 민족이다. 그래서 새가 지저귀는 현상을 "새가 운다."라고 나의 감정이 투영되었을 것이다. 그러니까 내 자신이 슬프면 새도 슬퍼서 우는 것처럼 생각되기 마련일 것이다.

그런데 나는 좀 더 냉철하게 생각해 보면 새가 우는 것도 웃는 것도 아니며 얘기하는 것이라고 생각된다. 즉, 대화를 하는 것이다. 마치 사람처럼 말이다.

생각해 보라. 왜냐하면 새들이 사계절 중 가장 많이 지저귀는 때가 봄이다. 그러니까 새들이 생식을 하는 시기이다. 짝을 만나 집을 짓고 알을 낳고 양육을 하는 것이다. 즉 자연의 법칙에 대한 순응이다. 그러니까 새의 수컷이 암컷보고 "애들아 봄이 왔으니 우리도 종족을 번식시켜야 하는 것 아니냐?" 하고 얘기하면 암컷이 거기에 응답하는 것이고, 그런 가운데서 만남이 이루어지고 그들의 가정생활이 이루어지는 것이다. 이들이 가정을 이루고 나서는 훨씬 덜 지저귄다. 그도 그럴 것이 새가 알을 낳고 품어 부화하고 새끼를 양육하는 일은 사람 못지않게 무척이나 분주하고 정신없다. 지저귈 시간이 없다. 먹이를 구해서 세끼를 먹여 살려야 하기 때문이다. 그들도 치열한 삶을 살긴 마찬가지인 것이다.

어릴 적 느릅찌기(노랑턱멧새) 새 새끼를 둥지에서 유괴하니까 그 작은 새(할미새 정도 크기)가 필사적으로 덤비는데 그 목소리가 처절하다. 입을 벌리고 내는 소리가 정말 무서울 정도로 날카롭게 악을 쓰며 덤비던 모습을 지울 수 없다.

그러니까 새들은 울거나 노래하는 것이라기보다 애기하는 것이라고 본다. 나의 오랜 체험으로….

과거는 과거일 뿐

사람들과 대화를 나누다 보면 주로 지나간 과거를 얘기하는 사람들이 있다. 아마도 과거에 잘 나갔나 보다. 같은 얘기를 수없이 들었으니 말이다.

이런 얘기가 있다. "과거에 한 가닥 안 한 사람이 어디 있냐?"고 그런데 대체적으로 과거의 잘 나가던 때를 얘기하는 사람치고 현재 잘나가는 사람이 별로 없다는 것이다.

티벳의 정신적 지도자 달라이라마는 "사람은 순간을 사는 것 뿐이다."라는 말을 했다. 조용히 생각해 보면 달라이라마의 말은 사실이며, 진리이다.

작금의 시대를 인생 100세 시대라고 한다. 그런데 100년이라는 시간도 순간의 점철일 뿐이다. 한순간, 순간이 모여 100년이라는 긴 시간이 형성된 것이다.

그래서 달라이라마는 "한순간을 최선을 다해서 열심히 살아야 한다."고 설파하는 것이다. 부자나 가난한 자나 한순간을 사는 것은 마찬가지다. 무소불위(無所不爲)의 권력을 행사하는 자나 힘없는 자나 한순간을 살아갈 뿐이다.

그렇다고 해서 부자가 되지 말라거나 권력을 갖지 말라는 뜻은 결코 아니다.

다만, 그러한 재물이나 권력이나 세상적인 것에 집착하거나 노예가 되어서는 안 된다는 것이다. 그래서일까 성경에서도 재물과 하나님을 겸하여 섬길 수 없다고 말씀하고 있다. 물질적인 것에 집착하면 한편으로 영혼이 자유롭지 못할 것이다.

우리 인생은 알파와 오메가 개념이다. 즉 시작과 끝이 있는 것이다. 다시 말해서 인생의 종착역을 향해서 일직선상으로 진행하는 것이다. 과거를 회상하고 과거를 애기한다는 것은 차를 후진으로 운전하는 식이다.

인생 60이 넘으면 앞으로 살날이 살아온 날보다 짧다.

그리고 보면 한순간 순간을 최선을 다해 열심히 살아야겠다는 생각이 들게 마련이다. 그리고 돈도 명예도 권력도 그렇게 절박하지 않다.

그보다는 오히려 자기의 삶과 인생을 관조하면서 정신적 세계를 추구하는 경향이 짙은 것이다. 과거지향적 이기보다는 그동안 하고 싶었던 것들을 찾아 도전하고 실행해보고 싶을 것이다. 미래 지향적으로, 역동적으로 한순간 순간을 놓치지 않기 위해 깨어있어야 할 것이다.

좋은 사람, 나쁜 사람

좋은 사람, 나쁜 사람의 기준은 무엇일까?

사람들은 어떤 사람을 좋은 사람 또는 나쁜 사람이라고 할까. 생각해 보면 사람들은 대체적으로 자기에게 잘 대해 주는 사람을 좋은 사람이라 하고, 자신과 사이가 안 좋은 사람을 나쁜 사람으로 치부하는 경향이 있다.

그러니 그것은 객관적이거나 검증된 것도 아닌 극히 주관적인 관점이고 판단이다. 어쩌면 세상 사람들은 그러한 이분법적인 범주를 설정하고 살아가는지도 모르겠다.

그런데 사람은 어떤 사람에겐 좋은 사람인 것 같으나 다른 사람에겐 나쁜 사람으로 인식되는 경우도 허다하다. 그러니까 이런 현상은 상대적 가치 기준이고 상대적 가치 판단인 것이다. 즉, 인간관계는 상대성이라는 것이다. 그러면 정말 좋은 사람 또는 나쁜 사람의 절대적 가치 기준은 없는 것일까?

나는 이 해답을 성경에서 찾는다.

'빌립'이라는 예수님의 제자가 친한 친구 '나다나엘'을 예수님께 소개시키는데 예수님은 직접 한 번도 만나본 적이 없는 '나다나엘'에게 하시는 말씀이 "그 속에 간사한 것이 없도다." 하고 '나다나엘'의 선한 인성과 인격을 단번에 꿰뚫어 보신 것이다. 그러니까 좋은 사람, 나쁜 사람의 판단 기준은 '간사함'의 유무인 것이다.

사람은 참으로 다양한 성격과 성향을 가진 존재다. 간사하고 간교하며 교활하여 시기 질투를 넘어 이간질하는 사람들도 있는가 하면, 정말 선하고 인정을 베푸는 마음씨 따뜻한 사람들도 많은 것이다.

그러니까 나에게 잘 대해 주는 사람이 좋은 사람이 아니라 마음에 '간사함'이 없는 사람이 좋은 사람이며 나와의 사이가 좋다 하더라도 속마음이 간사하다면 좋은 사람이라고 말할 수 없는 것이다. 또한 그런 사람은 언제 어느 때에 사이가 나빠질 수도 있을 것이다.

그래서 사실 사람을 속단하는 것은 금물이라고 말한다. 오랜 시간 지내다 보면 그 사람의 '진면목'이 나오는 것이다.

잘 산다는 것의 의미

우리는 보통 "누구는 잘 산다."라고 말할 때, 그것은 경제적으로 여유가 있고 풍족한 삶을 말하는 게 일반적이다. 다시 말해서 삶의 기준이 돈이나 물질이 기준이 되었다는 얘기다.

고급 저택과 고급 승용차를 타고 다닌다면 누가 보든 잘 사는 사람처럼 보이고, 내 집이 없거나 내 차가 없다면 못사는 사람처럼 보일 것이다.

그런데 사실 따지고 보면 돈이 많다고 잘 사는 것도 아니고, 돈이 없다고 해서 못사는 것도 아니다. 물론, 돈이 아주 없으면 자본주의 국가에서 살아가기는 녹록지 않다. 그렇다고 사회주의 국가나 공산주의 국가에서도 사정은 마찬가지다.

우리의 삶은 복잡 다양한 요인과 구조를 가지고 있다. 즉, 사람은 육체와 정신의 혼합체이기 때문에 육체적인 부분과 정신적인 부분의 만족도를 충족시켜야 "잘 산다."라고 말할 수 있을 것이다.

그래서 성경에서도 "사랑하는 자여 네 영혼이 잘 됨 같이 네가 범사에 잘 되고 강건하기를 내가 간구하노라."(요삼 1장 2절) 한 것을 보면 마음과 영혼이 편해야 하는 것이다. 마음이 근심 걱정으로 가득하다면 아무리 돈이 많고 권력이 있고 명예가 있다고 해도 행복하다고 말하기는 힘들 것이다.

비근한 예로 부정 축재나 비리로 많은 돈을 벌었다면 마음이 늘 불안할 것이다.

그 반대로 비록 가진 것은 많지 않더라도 양심이 떳떳하다면 마음에 근심 걱정이 없고 당당할 것이다. 거기다가 내가 하고 싶은 것들을 마음껏 하며 기쁘고 보람된 삶을 산다면 행복한 삶을 산다고 말할 수 있을 것이다.

그래서 잠언 15장 17절에서 "채소를 먹으며 서로 사랑하는 것이 살진 소를 먹으며 서로 미워하는 것보다 나으니라."고 한 것일까. "마른 떡 한 조각만 있고도 화목하는 것이 제육이 집에 가득하고도 다투는 것보다 나으니라.""(잠언 17장 1절)고도 했다.

결국, 인생은 물질적이고 정신(영혼)적인 것들이 안정적이고 균형을 이룬 조화로운 삶이 잘사는 것이라고 말할 수 있을 것이다.

제5부

부록

공무원 복무 지침서

1. 복무 자세

o 사무실에 일찍 출근하라 (늦어도 30분 전, 1등 출근 금
상첨화! 과음해도 제시간 출근)

o 인사부터 하라 (나의 상사와 동료 및 옆에 상사와 동료,
가급적 모두)

o 일을 잘하도록 노력하라 (일의 우선순위와 일의 비중을
고려, 기한 내 마무리)

 - 잘 만들어진 결과물(계획서, 보고서 등) 참조, 내 일과
관련된 각종 자료 수집

o 잘 모르는 것은 물어보라 (정중하게 물어보면 대부분은
친절하게 알려준다)

o 어려운 일은 상사와 사전에 논의하라 (이렇게 저렇게 하
면 되겠습니까?)

o 공(公)과 사(私)를 분명히 하라 (인정에 이끌리면 자칫
패가망신한다)

o 뇌물성 선물은 절대 받지 마라 (과대한 향응이나 접대는
매우 위험하다)

o 특별한 경우가 아니면 땡 해서 퇴근하지 마라 (안 보는
것 같아도 남들은 다 보고 있다)

o 출장, 조퇴, 휴가 등 시작과 끝 처리를 분명히 하라 (신뢰성의 문제이기 때문이다)

o 옷을 깔끔하게 입어라 (이미지 관리는 상품의 포장처럼 매우 중요하다)

2. 인간관계

o 사람들을 볼 때마다 인사하라 (특히 남의 사무실을 갈 때는 필수적이다)

- 마주칠 때 마다 미소로 가볍게 목례 한다 (이런 사람은 모두가 좋아한다)

o 상대방의 마음을 헤아리고 배려하라 (이런 사람은 모두가 주목한다)

- 동료가 어려워하고 힘들어 할 때 관심 갖고 도와줘라 (평생 잊지 못할 것이다)

o 남을 비방하거나 험담하지 마라 (인간관계는 늘 좋은 것은 아니다)

- 남의 애기는 경청하되 같이 열변을 토하면 안 된다 (부메랑이 되어 돌아온다)

o 가급적 나의 마음을 숨겨라 (화가 나더라도 금방 감정노출을 하지 않는다)

- 즉석에서 하지 말고 나중에 단둘이 조용한 장소에서 침착하게 논리적으로 풀어가라

o 사람에 대해 편견을 갖지 않도록 노력하라 (남의 말만

듣고 판단하면 안 된다)

ㅇ 상대방의 장점을 보라 (모든 사람은 장·단점이 있다)

ㅇ 상사에게 아부는 하지 말되 예의는 깍듯이 갖춰라 (무능한 상사도 노여워할 줄은 안다)

3. 자기발전

ㅇ 건강관리는 꾸준히 하라 (모든 걸 이루고 내 생명이 없다면 무엇하랴!)

ㅇ 끊임없이 공부하라 (각종 서적을 읽어 지식과 견문을 넓혀야 무시당하지 않는다)

ㅇ 외국어를 꾸준히 공부하라 (글로벌시대에 적어도 외국어 한두 개 정도는 필수다)

ㅇ 취미생활을 즐겨라 (취미가 없는 사람은 고루하며 재미없는 사람일 수 있다)

 − 기회가 되었을 때 감추었던 실력을 한 방 터트리면 사람들은 다시 볼 것이다

ㅇ 유머 감각을 익혀라 (사람들은 돈이나 권력보다 재미있는 사람을 선호한다)

* 나의 대를 이어 공무원이 된 아들에게 해줄 수 있는 최선의 선물이었다

■ 글벗수필선 47 정해섭 수필집

진솔한 삶의 이야기

초판발행 2020년 8월 10일
개정증보판 발행 2025년 5월 19일
지 은 이 정 해 섭
펴 낸 이 한 주 희
편집주간 최 봉 희
펴 낸 곳 도서출판 글벗
출판등록 2007. 10. 29(제406-2007-100호)
주   소 경기도 파주시 와석순환로16, 905동 1104호
          (야당동, 롯데캐슬파크타운 한빛마을)
홈페이지 http://cafe.daum.net/geulbutsarang
e - mail pajuhumanbook@hanmail.net
전화번호 010-2442-1466
팩   스 031-957-7319
정   가 15,000원
ISBN 978-89-6533-299-2 04810